U0068027

冷了的熱咖啡

破風、藍色水銀、765334、葉櫻　合著

天空數位圖書出版

目錄

目錄

藍色水銀

目錄

765334

目錄

葉櫻

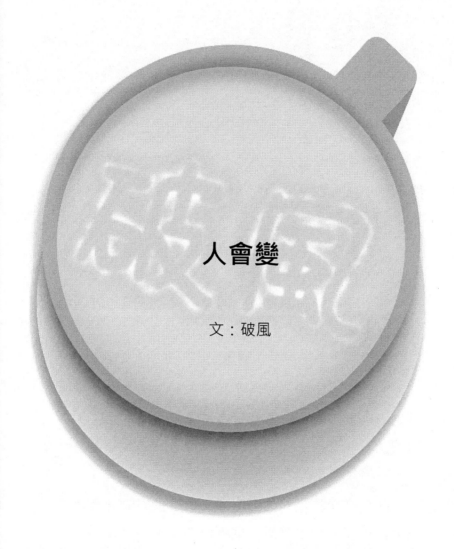

人會變

文：破風

　　人會變這三個字，包含著不知道多少個意思，不管是什麼人都一定會變，外貌會變化、性格可以變化、品味可以改變、甚至是興趣都可以變，「變幻才是永恆」真的是真理，任何人都一定會變。

　　人的外貌會變，不論是天然的，還是人為的，都不斷會變化。隨著年齡增長，外表一天天的變化，由嬰兒到小童，到少年再到青年，然後是成人、中年、老年。不管你想如何改變這事實，始終都是會變。

　　近年網絡很流行將步入老年或中年的明星，不論男女，把他們年輕時的影片與現在的影片放在一起，作一個對比。大部份都會讓你嚇一跳，所謂的嚇一跳主要是在於，只是將兩段相隔三十年的影片放在一起，你會驚覺相差真的很大，回應之前所述，人是會變化。

　　無論那一時間，人的外表是不同的，當然，普遍認為人越老越醜、越難看。這是建立在年輕時與年老時的比較，這些主觀的看法都是無奈的，只要有比較就必定會分好壞的。

　　雖然現代的化粧已經出神入化，長得無論多醜，化粧都可以化成很漂亮，但神奇的是，年紀大了，是無法化粧為年輕人的（年輕人卻可以化成年輕人），最

高水準的化粧術，可能只能年輕幾歲而已。由此可見，年紀老了，就是老了。

可以看得到，人的外表是隨著年紀而變化，變得可能沒見那個人一段時間，可能已經認不出來了，這是定律。

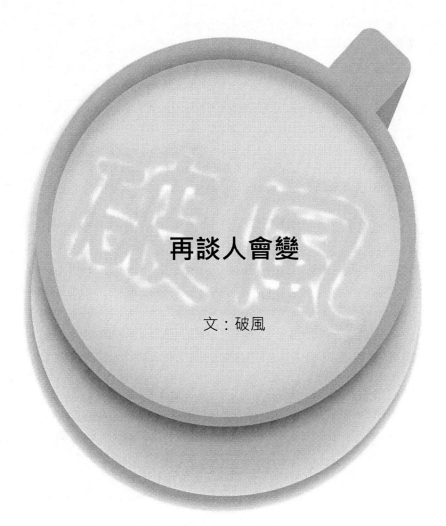

再談人會變

文：破風

　　人的外表是會變的，這是自然的定律，無論你多麼的會保養，總是不能躲得掉會變老。除了外表，人會變還有內心，或內在的思想。

　　小時候你喜歡的東西，長大後基本上都不會再喜歡了，這是成長的結果。不過成年後喜歡的東西，同樣可以變化，可能因為經歷、收入而改變，又或許你覺得膩了，改變一下口味或興趣，總之就是要變。

　　多年不見的朋友，一天突然聚首，總覺得很多話題已對不上口，昔日大家都喜歡同樣的事物，但發現對方已無甚興趣，甚至乎自己都有可能忘記了。因為你會發現，大家都改變了！

　　沒有錯，每個人都會變，或許跟年齡有關、或許跟生活環境有關，總之，興趣隨著時間而改變，而性格的改變或許跟遭遇有關，工作的地方、環境，令一個人的性格影響很大，所以物以類聚。即使你當初不是這樣的性格，但轉了一份工作後，或多或少都會有所改變，久而久之，就越變越大，真的會變成判若兩人。

　　最後就是人的交往，除了同事會影響外，朋友都會有影響，所謂潛移默化，一眾朋友的興趣、性格，或多或少的會影響到朋友，如果是情侶關係，那就更

加影響大。這部份還要看最終結果如何，但在大部份
人都經歷過分手的階段，就是很多人形容為：經一事、
長一智，便成了人生經歷的一部份，性格或多或少都
會有些改變的。

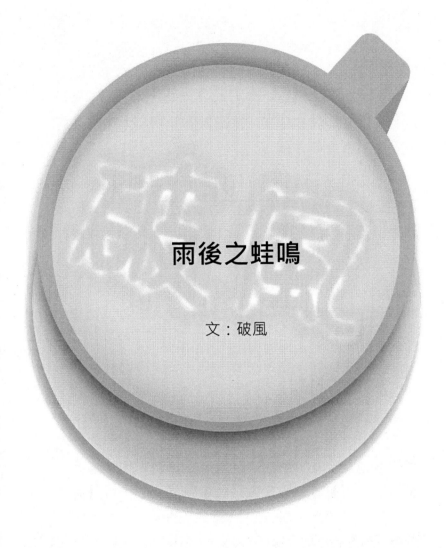

雨後之蛙鳴

文：破風

住在鄉下的日子，看似很安靜，但其實不然，天一亮，麻雀、白頭翁、竹雞也都起床了，輪流當鬧鐘，把人吵醒，如果還不肯起床，幾百公尺外的機車聲、卡車聲也會穿透空氣，傳到耳中，附近的小黃、小黑也絕對是交響曲的伴奏，這麼熱鬧，還能賴床嗎？何況還有紅面番鴨、鵝、火雞、公雞會伴奏。

幾個月沒下雨了，乾到龜裂的稻田裡，有一種生物，正在等候著大雨，或許可以說兩種吧！第一種是泥鰍，牠們被困在離地面三十公分的黑泥中，靜靜地等待，等雨水將土壤濕潤，等黑泥變成爛泥，這樣牠們才能在田裡活動，在那之前，牠們只能沉睡，就像睡美人一樣，沒有王子的吻，就會一直沉睡，而大雨，就是泥鰍等待的吻。

青蛙也一樣，在等待著大雨，越大越好，牠們的期盼跟泥鰍一樣，最好是黑泥變成爛泥，願望成真後，農夫也該插秧了，此時青蛙開始一生中最重要的時刻了，入夜之後，牠們開始大聲鳴唱著，巴不得全世界都知道牠在哪裡，這時，蛙鳴就會成為農夫的噩夢，聲音之大，簡直就像是戴了立體聲耳機般，並且音量轉到最大，於是，農夫睡不著，他的妻子也睡不著，於是兩人決定要【好好做人】，九個月後，他們的第二個小孩誕生了，為了紀念這場雨，小孩的名字就叫做《雨恩》，意思是大雨的恩賜。

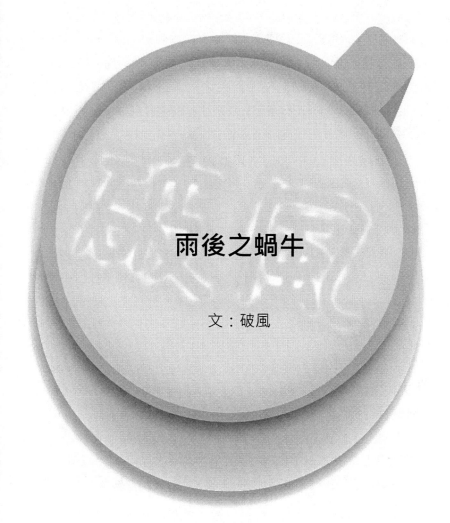

雨後之蝸牛

文：破風

　　下了一整夜的雨，小女孩也一夜沒睡好，半夢半醒的她，彷彿看到了什麼？追著一個白影，接著就醒了，此時才凌晨五點半，天已經微微亮了，雨剛停，水珠還滴滴答答地沿著屋簷滴到地上，地上有積水，所以那聲音傳到她的耳邊，好奇又大膽的她，打開房門還有大廳的門，獨自走到院子裡。

　　不過此時已經沒雨了，所以水珠也不再滴下，女孩沒看到是什麼發出聲音，但圍籬上，有一個點是亮的，她走近一看，是一隻小蝸牛，接著又在附近的植物上發現許多蝸牛，她好奇地伸手想抓起其中一隻，但蝸牛的眼睛忽然縮進身體裡，女孩覺得有趣，便每一隻蝸牛都去碰牠們的眼睛，玩得不亦樂乎，還發出呵呵的笑聲，這時，女孩發現了大隻的非洲大蝸牛，竟也如法泡製，直接把蝸牛當成玩具。

　　女孩從此喜歡上小動物，花草上的昆蟲、蜘蛛、毛毛蟲，都變成她的玩具般，直到上了國中，課業漸漸變重，她才比較少去觀察這些小生命，幾年後的大學考試，她的分數不甚理想，她把心一橫，志願只填了某國立大學的昆蟲系，雖然不算理想的科系，也被父親念了一頓，但總是一所國立大學，而且離家又近，父親迫於經濟壓力，還是答應她去唸了，從小就愛玩小生命的她，簡直如魚得水，功課非常好，尤其是專業科目，更是用心鑽研，很快的成為教授的愛徒，之後更拿到碩士跟博士，這一切，只因為當年的小蝸牛。

春天的花海

文：破風

冷了的熱咖啡

　　春天百花齊放，到處都有花海，有陽明山的海芋、四月雪流蘇、五月雪油桐花、彰化蜀葵花、中社花市孤挺花跟鬱金香、薰衣草、到處都有的九重葛、四月櫻花別稱的花旗木、一樹千朵紅的桃花、風靡全台的各種櫻花等等，但其實花不是最重要的，反而是伴侶才更重要，跟對的人去賞花，心情才會更好，跟錯的人去，別一肚子氣就偷笑了。

　　她喜歡的是珠光寶氣、高級包包，對於漂亮的風景、夕陽、花海無感，找她一起去是自討沒趣，還沒出門就挨一頓罵，果不其然，下車就開始嫌熱，手上拿的陽傘被風吹壞了，大發雷霆，花海旁必定出現的蜜蜂、蝴蝶、昆蟲，嚇得她花容失色，跟這樣的女生一起去賞花，無異是自討苦吃。

　　自從跟她分手，才知道現任女友的好，不虛榮、不亂花錢，上山下海都可以一起，就算是在合歡山上，冷到發抖的夜晚，一起欣賞星星、銀河、雲海也甘之如飴，結婚二十年後，都老夫老妻了，還是喜歡到處跑，到處欣賞美景，今天在台中，明天屏東，後天花蓮，全省到處跑，都五十歲了，夫妻依然像是年輕情侶般甜蜜放閃，兩人的感情真的是羨煞旁人，他說出感情維繫的訣竅，就是兩人志同道合，興趣相同，並且開誠布公，沒有隱瞞，也完全相信對方，這對夫妻沒有珠光寶氣，沒有豪宅超跑，日子卻過得很快樂。

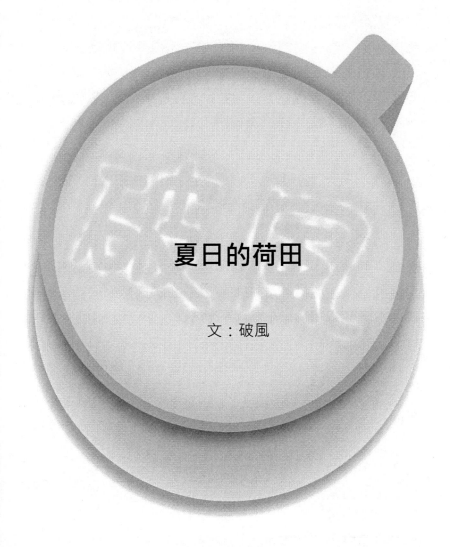

夏日的荷田

文：破風

　　天剛矇矇亮，鬧鐘響了，隨便梳洗一下，他便拎著攝影包，急著出門，老婆問她去那裡？他說要去拍荷花，老婆說她也要去，他說十分鐘內必須要出發，老婆說至少要化妝，半小時才能出門，為了不想被懷疑外遇，他只好乖乖待在客廳，打開電視，慢慢等，這一折騰，就是一小時。

　　為了爭取時間，他一路狂飆，還差點撞上了送報的機車，驚魂未定之下，他接受老婆的建議，慢慢開，到的時候，已經是六點十五分，把車停好之後，才發現荷田旁已經擠滿了人，根本沒有空位，老婆說她有準備，於是他回到車上，拿起最重的腳架，還有最重最長的拍鳥鏡頭，而老婆則是幫他找可以拍的縫隙，等他把腳架跟鏡頭準備好，只見老婆在一棵柳樹下，說穿過柳樹的葉子，可以拍到與眾不同的畫面，當天，他就把照片上傳，許多攝友紛紛問他拍攝的時間跟地點，以及怎麼拍的？其中還包括了幾個在相同荷田拍攝的人，只是大家忙著拍照，沒打招呼而已。

　　我們常常盲目跟風，大家拍什麼？就也想拍什麼？連構圖也學，結果就是大家拍的照片都差不多，甚至分不清楚那張是誰拍的，但有些題材是需要用心的，透過巧思，透過器材的特性，去創造與眾不同的畫面，如果只想追求別人已經拍過的，除了讓自己成為學人精或模仿者，還能得到什麼？學得不好還會被笑呢！

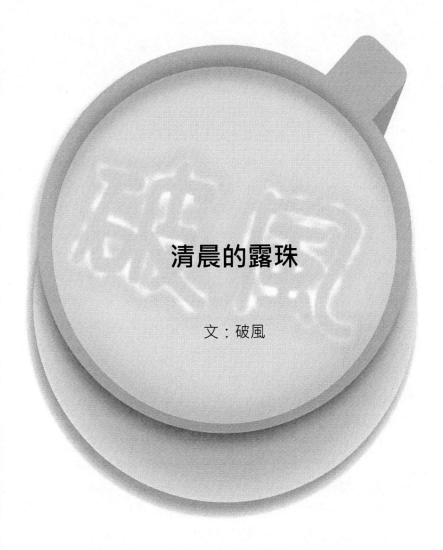

清晨的露珠

文：破風

半山腰上的小屋，住著一老一小，老的是祖母，小的是孫女，幾年前一場車禍，小女孩的父母雙亡，女孩只能被送來這裡，跟祖母相依為命，祖母並不疼孫女，她知道，要趕緊訓練孫女獨立，因為自己的時日不多了，孫女也很乖，撿柴、燒水、種菜、炒菜、煮飯、洗衣等等，都在六歲不到時就很熟練了。

這天，小女孩一如往常，才天亮就起床，不過，她準備要下山念書了，雖然萬般不捨，無奈最近的小學也距此達十多公里，要走路上學是不可能的，離最近的公車站也有六七公里，所以祖母只能安排她住在城市裡，那是舅舅的家，四十多歲還孤家寡人一個。出發前，女孩望著蜘蛛網，上面的露珠晶瑩剔透，十分美麗。

女孩想起祖母曾經說過，蜘蛛對她們很重要，可以幫她們抓很多蚊子、蒼蠅、昆蟲，跟壁虎一樣重要，千萬不可以殺死這兩樣生命，於是女孩看著美麗的蜘蛛網入迷了，過了一會，舅舅開著一台老車，跟祖母寒暄了幾句，便要離開，因為他還得上班，不能耽誤太多時間，女孩的行李不多，只有一些衣服，還有簡單的物品，臨走前，女孩緊緊抱著祖母，兩人相擁而泣，舅舅雖然急著上班，也不忍心拆散兩人。幾個月後，舅舅載女孩回來探視祖母，那是他們最後一次見到祖母，祖母在之後一次採果的時候跌倒，沒有被人發現，活活餓死，直到女孩再度回來，才發現祖母已經成為一堆白骨，當場泣不成聲。

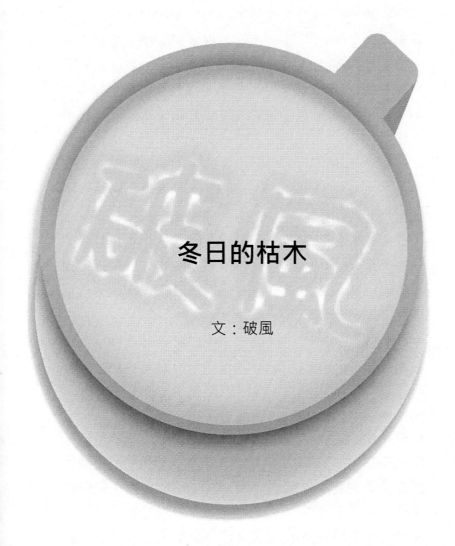

冬日的枯木

文：破風

　　一通突然的電話，他的心碎了，交往了五年的女友要求分手，而且沒有挽回的機會了，傷心之餘，他不自主地來到兩人經常約會的地點：台中都會公園，有如行屍走肉的他，不知不覺中就來到湖邊，找了一處草地坐下之後，才發現許多樹的葉子都掉了，只剩下樹枝。

　　觸景生情的他，想起兩人昔日的甜蜜，不禁流下眼淚，為什麼選在這個時候分手？無數個為什麼？但她已經不會再回來了，恍惚之間，他走到一棵已經倒下的樹旁，他想起前女友曾經說的，枯木可以逢春，但朽木卻不可雕也，難道他自己是朽木？已經無法改變，所以才會被分手，傷心了幾個月，也幾乎天天去都會公園，轉眼已是春天。

　　公園內的植物彷彿重生，全都長出了綠葉，但那些已經倒下的樹皮卻開始腐爛了，就像他的外表一般，一頭亂髮，兩眼無神，還有一臉鬍子跟破衣褲，那一刻，他彷彿跟那些枯木通靈，眼神瞬間改變了，那個意氣風發的他即將回來，只要他去剪個漂亮的髮型，換一身衣物，必能找回從前的自己，從此他不再踏進都會公園，直到他結婚之後，兒子已經三歲，他帶著妻子、兒子，再度踏上這曾經讓他肝腸寸斷的公園，但他已不再傷心，取而代之的是臉上燦爛與滿足的笑容，是因為有子萬事足吧！而妻子也很滿意他，尤其是很體貼，很顧家，也準時下班回家。

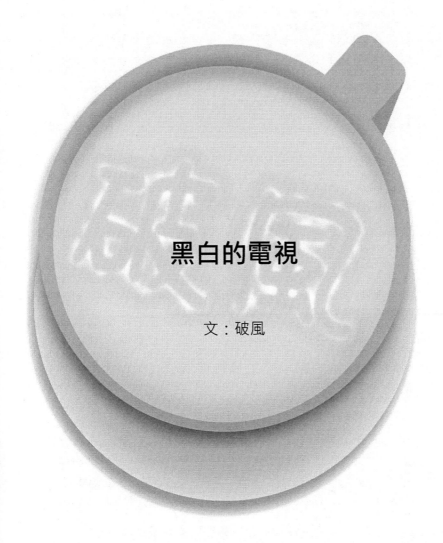

黑白的電視

文：破風

　　不是上了年紀的人，恐怕難以想像，從前的電視是黑白的，而且沒有遙控器，轉台需要走到電視機前，從上面的旋鈕來轉台，而且當時的電視香港只有兩台（翡翠、麗的，頂多加上兩個英文台共四台），而台灣也只有三台，台視、中視、華視，沒別的選擇了，重點是當年有能力買電視的都是有錢人，窮人是買不起電視的，那麼，大家怎麼看電視的呢？

　　印象中，幾十個人擠在一部小小的黑白電視機前，有人席地而坐，有人坐在板凳上，有人坐在木雕椅上，後面則圍了一堆人用站的，至於小孩，沒有他們的節目，在一旁玩耍，但不能發出聲音，否則會被趕走，或是斥責，因為電視的音量不大，站在後面的人根本聽不清楚，或是必須將手掌張開，放在兩耳旁邊，讓聲音更清楚，總之，那是個特別的年代，電視讓所有人停下腳步，停止其他活動，一家人，還有左鄰右舍都聚在一起，所以大家的感情都很好，只因為一台簡單的黑白電視。

　　七零年代初，台灣與香港都正式進入彩色電視時代，不過彩色電視的價格是天價，當時公務員的薪水才一千多元，一部電視的價格約二十個月薪水，相當於現在的一百萬左右，所以此時的彩色電視是稀有品種，多數家庭想買電視，還是會先考慮黑白的，漸漸地，家家戶戶都有電視了，最後，也都有彩色電視了，但幾十人圍觀一部黑白電視的場景，卻永遠消失了，取代的是一家五口都坐在客廳，都在看自己的手機，都不知道旁邊的人在看什麼？

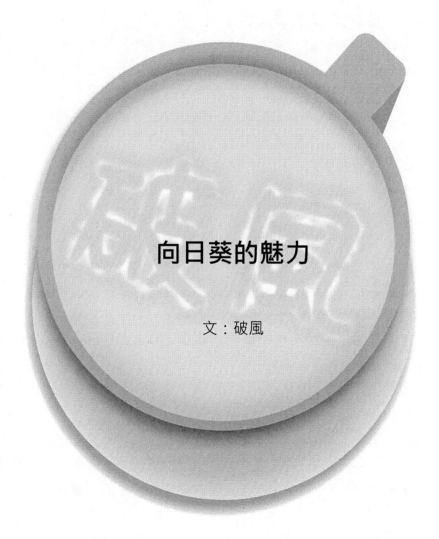

向日葵的魅力

文：破風

　　台灣栽種向日葵的風氣並不盛，彰化北斗、田尾、永靖，苗栗銅鑼、通霄，桃園大園，雲林、屏東都有零星的栽種，疫情之前的新社花海，是保證一定可以看到花的，不過在前市長執意將花卉重心轉往后里之後，新社花海彷彿一蹶不振，連遊客的興緻也差了許多，真是個兩敗俱傷的操作啊！后里只沾到花博的好處，但後繼無力，如果照騙能力很強的，都會選擇中社花市，但畢竟那是攝影技巧，不是真的壯觀。

　　至於其他的地方，偶爾會傳出種植的消息，但不是年年都有，常常會撲空，滿心的期待，卻換來無情的失落，所以出門前還是多做些功課。跟雲南羅平油菜花一樣，法國普羅旺斯的薰衣草跟向日葵也是遠近馳名，吸引無數攝影愛好者前仆後繼造訪，浪漫的紫色跟充滿活力的黃色，還有湛藍的天空，或是日出日落的橙色，讓這兩種花更美了，我還聽說有人花了近百萬，在此住了一個月，只為了幾張讓他滿意的照片，這真是種讓人瘋狂的美啊！

　　其實向日葵不只是實體吸引人，衣服、窗簾、床單、筆記本封面等都可以看到它們的蹤跡，這也代表了人類有多麼喜歡這種花，幾年前，載著一位心事重重的友人，專程到苗栗銅鑼觀賞向日葵，幾分鐘的時間而已，原本眉頭深鎖的她竟然露出燦爛的笑容在自拍，彷彿那些心事已經不存在，或許向日葵真的可以療癒我們的心靈吧！？

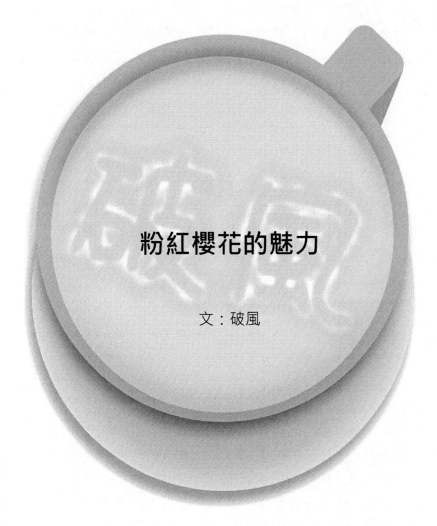

粉紅櫻花的魅力

文：破風

　　台灣的櫻花種類有不少，但有一種顏色是擁有無比魅力的，那就是粉紅色的，或許平地有一些零星的栽種，但絕比不過武陵農場的紅粉佳人，在開放網路預訂的部分，二千間價格不便宜的房間，只花了不到五分鐘就被訂光，而且年年如此，粉絲數量之多令人咋舌，除了住在此處可以進入觀賞，還可以搭接駁車進入，不過也是一位難求。

　　而日本的櫻花，會比台灣的花季稍慢，在疫情之前，每年吸引超過百萬台灣人去觀賞，很驚人的數據對吧！根據統計，每年到日本觀光的台灣人，接近四百萬人次，將近兩成的台灣人口，真的是非常驚人。日本的櫻花有非常多的點，就不一一介紹，有公園內的、小河邊的、廟旁的，總之非常多。

　　至於它的魅力，在於粉紅色吧！就算是大男人，恐怕也會被包圍自己的粉紅色攻陷，倘佯在光、影、色、風、花瓣之間，久久不願離去，巴不得睡在櫻花樹下，而網紅更是拿著自拍棒穿梭其中，迫不急待地想告訴全世界，粉紅櫻花到底有多美，世界各地的專業攝影師也紛紛前來參加盛宴，有了他們，櫻花照片不再單調，有富士山當背景，有河道當前景，有賞花人點綴，更有古建築搭配，於是到日本賞櫻花變成一種流行，全世界都趨之若鶩，讓日本人賺了許多觀光財，不過疫情的險峻，也重創了日本觀光業。

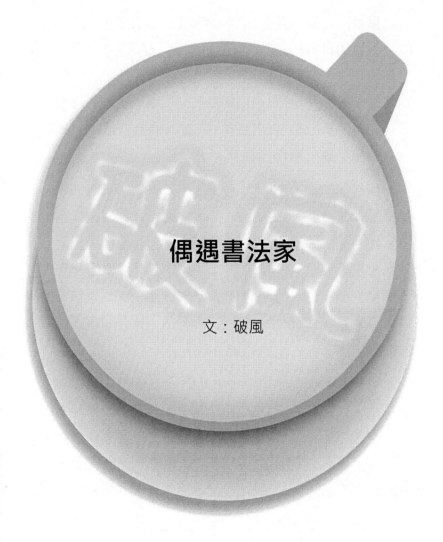

偶遇書法家

文：破風

　　那是八年前的事了，朋友邀約去找一個人，卻不願說明他的身分，只說不會讓我失望，好奇心的驅使，我答應前去，結果卻有些尷尬，主人並不認識我的朋友，但朋友卻調出兩人在網路上的談話，雙方都很尷尬，於是趕緊結束這個話題，收邀人員到齊後，主人大方展示了讓人震驚的書房。

　　那是他的地下室，大約十幾坪大，除了寫書法用的桌子、文房四寶，牆上的作品，最讓人震驚的就是他寫過的紙，估計至少十萬張，他的老婆說已經找資源回收處理掉兩倍的量，也就是說他已經練習了三十萬張，之後的幾年據說也寫了十多萬張，也就是每天一百五十張，難怪他寫的字那麼漂亮，甚至比電腦版本都更漂亮。

　　那一天是他的生日，總共八位網友受邀，現場非常熱鬧，大約在兩年後，他的作品在公開場合展覽，並且一鳴驚人，展出的五十多件作品，在三天內就完售，讓主辦單位瞠目結舌，原本知名度不高的他，迅速竄紅在書法界。

　　他的故事讓我想起了一個古人，就是晉朝的書法家王羲之，據說他寫完了十八缸水，跟我遇到的這位書法家有如出一轍的練習方式，難怪他們都可以成為

書法家，正所謂台上一分鐘，台下十年功，兩人都是透過不斷地練習，讓自己不斷精進，最後成了名家，能夠親眼見證他的成功，除了無比榮幸，也讓自己明白，努力是會有回報的。

冷了的熱咖啡

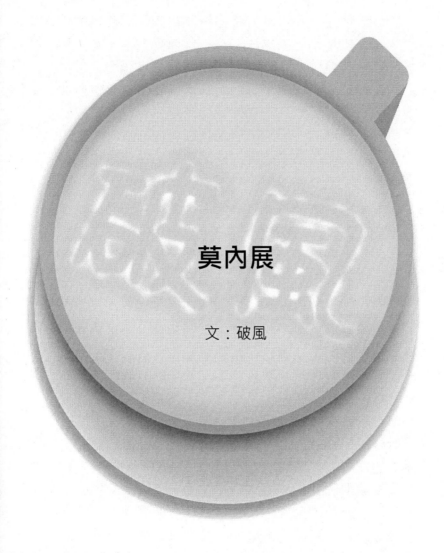

莫內展

文：破風

冷了的熱咖啡

　　Oscar Claude Monet 是法國畫家，印象派的代表人物，也是創始人之一。約十年前受友人邀約，到美術館一窺真跡，平時沒在看畫展的我，好奇地以很近的距離看畫，想要了解他的筆法，看了半天也研究不出，索性退到七八米之外，此時竟然可以清楚的知道莫內要表達的，不禁由衷地讚嘆莫內的功力，能將十幾平方公尺那麼大的畫，用印象派的手法表現得這麼棒。

　　原本只知道梵谷、畢卡索、達文西三個知名畫家的，當天又多了一個莫內，接著我在網路上看了塞尚、趙無極、米開朗基羅、高更、盧梭、米勒等等大師的畫作，接著又看了張大千、廖繼春、呂佛庭、韋啟義等人的作品，藝術從此在我心中扎根並成長。

　　少年時期的莫內，畫的是諷刺漫畫，極具創意的畫風，被風景畫家歐仁 - 布丹看見正在畫素描，兩人成了師徒，在布丹的調教之下，莫內對光影的認識突飛猛進，也在此時萌生了成為藝術家的想法，但父親反對，於是莫內離開諾曼第，到了巴黎學畫，並認識了荷蘭萊的戎金，讓他對光影有更上一層樓的認識，而他的模特兒卡蜜兒對他照顧有加，是他全力投入創作背後的那個女人，兩人未婚生子，卻引來父親的不滿，停止對他的金援，在戰爭爆發後避居倫敦，藝術是很主觀的，喜歡就當寶，不喜歡就當草，最初他的作品不被肯定，就如同梵谷，但現在兩人卻都是印象派大師了。

四大名硯之一的澄泥硯

文：破風

　　澄泥硯是用澄洗的泥燒製，所以稱為澄泥硯，是四大名硯中唯一的泥硯，其餘三者皆為石硯，共有紅、黃、綠、紫等顏色，由於是燒製，因此在造型上千變萬化，尤其是在上面有龍、鳳、鳥、花、松等最多，近年來因為模具的進步，所以讓澄泥硯得到較大的產量，以前要花數萬至數十萬元的品項，目前已經降至數千元即可購得。

　　由於造型漂亮，因此我也買了一個，上面有一隻單腳站立的鶴，一朵盛開的荷花，一個花苞，還有幾片荷葉，旁邊放個毛筆架，這樣寫書法真的很有感覺，雖然寫的不好，但憑著小學時的努力練習底子，在寫完第三張宣紙時那種感覺回來了，當時臨摹的是柳公權與顏真卿的字，所以我寫的書法是以這兩位大書法家為主，而練習的內容則是以古詩及詞為主，例如唐宋八大家的詩。

　　前一陣子拜訪了一位老友，他的書房裡也有一個澄泥硯，不過那是他的收藏，不是拿來寫字的，直徑約四十公分，重達十五公斤，周邊有八條較小的龍，上面則是一條較大的龍盤踞著，也就是九龍硯，而每條龍都栩栩如生，配上一些雲朵，有種騰雲駕霧的感覺，做工真的很棒，一問之下，這硯台的價值不斐，竟高達十幾萬，以藝術的眼光來看，喜歡是最重要的，能夠擁有，能夠欣賞，就已經足夠了。

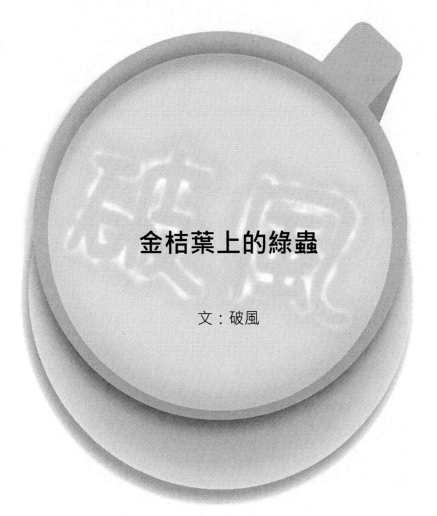

金桔葉上的綠蟲

文：破風

　　過年的時候，有些人會買金桔擺在家裡，過完年後，這金桔就會被移到室外，過一陣子，在澆水的時候發現上面影一些綠色的小蟲，起初並不以為意，但到了最後，葉子幾乎被吃光，只留下胖嘟嘟的綠蟲，我猜這應該是蝴蝶的幼蟲吧！？所以就沒理它，隔了幾天，它真的化蛹了，是個綠色的蛹，過了十多天吧？蛹變色了，仔細一看，蛹其實已經變成半透明，那顏色是某種鳳蝶的花紋。

　　某天早上起床，赫然發現蝴蝶早已破蛹而出，正在等待翅膀伸展開，查了一下網路圖鑑，原來是無尾鳳蝶，很漂亮的一隻蝴蝶，就在自家的陽台，因為它還飛不動，所以就算我靠近觀察它也不會飛走，問了朋友才知道它是都市中很普遍的蝶種，因為幼蟲的食草種類不少，所以能夠在都市中生生不息，不至於因為棲息地的關係而消失。

　　幾個小時之後它便飛走了，只在樹枝上留下一個空蛹，後來金桔的葉子長出來了，幾個月後我發現又有小綠蟲在上面，於是就天天幫它拍照，記錄著它的成長過程，就這樣經過一段時間後，那胖嘟嘟的綠蟲又出現了，果然不久後又變成綠色的蛹，然後再變成無尾鳳蝶，因為它，我去買了一本專業的蝴蝶圖鑑，裡面介紹了台灣常見的蝶種，這下我才明白台灣有四百多種蝴蝶，有些是一年一世代，真的非常特別啊！

黑色的淚痕

文：藍色水銀

冷了的熱咖啡

　　他是個宅男，生活圈很小，幾乎沒有社交圈。她是個應召女，任何時刻都可能在跟陌生男人發生關係。這樣的兩個人照理說是不會相遇的，即使相遇也應該不會擦出火花的，頂多是宅男多看她幾眼，或許會想念她幾天，但只要想起她的身分，就會回到現實，冷靜看待。

　　那晚，宅男翻了報紙的廣告版，找到了她，翻雲覆雨之後，她從宅男眼中看出了愛慕的感覺，於是大膽地給了宅男地址、電話，說穿了，她只是想多賺一點，不想被應召站抽頭而已，但宅男可不是這麼想，他要的是再度跟她激情，那怕只是交易，還是能填補內心的空虛，世間事就是有這麼巧的，她的父母剛好來電，希望她帶男友回家，讓他們鑑定鑑定，於是兩人的關係直接升級，看起來就像真的情侶，宅男也很貼心的對待她。

　　兩人一起回到她的住處之後，她開始崩潰大哭，並問宅男為什麼要對她這麼好？為什麼不早點出現？自己不值得宅男對她這麼好之類的，她小鳥依人地依偎在宅男的胸膛上，哭得呼天搶地，黑色的眼影被熱淚融化，沾上了宅男潔白的襯衫，留下了黑色的淚痕。但命運是很殘酷的，當宅男再度登門時，她早已因為毒癮沒熬過而死，她的朋友正在整理遺物，準備將房子還給房東，宅男沒有多問，默默離開，再度回到自己的住處，繼續過著單身狗的日子。

愛不用說出口

文：藍色水銀

冷了的熱咖啡

　　女人總愛問自己的男人：你愛不愛我？男人如果答得太快，就會被說是敷衍，答得太慢，除了說你遲疑了，還可能召來白眼伺候，一不小心就開吵，接著就一哭二鬧三上吊，萬一吵上三天三夜，日子還能過下去嗎？

　　男人愛不愛妳？其實用感受就知道了。平常很體貼的他，那天開始不體貼了，那就是不愛的訊號了，如果他總是很有耐心等妳化妝，那天不趕時間卻頻頻催促，這也是種訊號，你愛吃牛肉麵但討厭漢堡，但他今天直接把車開到麥當勞得來速，也不問妳要不要吃什麼？這也是訊號。愛妳的男人，會把妳捧在手心上，不愛的，會當成透明人，視而不見，男人的愛這麼明白而直接，以女人的敏感，根本不用問，就像瞎子吃湯圓，心裡有數，不是嗎！？

　　或許女人喜歡甜言蜜語，越肉麻越有趣，但不是每個男人都才華洋溢，能夠滔滔江水，連綿不絕的供應甜言蜜語。男人偶爾心情不好，妳又不愛聽垃圾時，不妨讓他跟朋友出去喝兩杯，或在家喝也可以，睜一眼閉一眼，兩人日子會比較好過，或許隔天他會跟妳坦白，發生了什麼事？他的壓力跟苦悶都釋放了，妳也可以落得輕鬆，相反的，把男人當成哈士奇般管教，除了會拆家，把家裡搞得像廢墟，出了門會絕對的不受控，與絕對的精力充沛，想去那裡根本拉不住，又何必呢？

橙色陷阱

文：藍色水銀

　　酒吧裡，女孩點了螺絲起子，好喝又順口，簡直是柳橙汁而已，於是一杯接著一杯，直到第七杯喝完，她已經醉了，然而螺絲起子的威力才正要發作，讓她毫無抵抗的餘地。第二天中午，女孩在一個陌生男人的床上醒來，全身赤裸，她開始尖叫，質問對方是誰？為什麼她會在這裡？

　　事實上，是女孩在喝了第三杯時，主動找男人喝，也是她主動親吻男人，她內心的慾望被徹底釋放，如同酒後吐真言一樣，難以控制自己，全罩著慾望在做事，當她醒來之後，雙手用力壓住快要裂開的腦袋，怎麼也想不起來自己對男人說過了什麼？又做了些什麼？

　　鼎鼎大名的螺絲起子，它好喝，根本不像酒，表面上的味道是柳橙汁，但骨子裡卻是酒精濃度非常高的伏特加，酒的味道被完美的隱藏，就像披著羊皮的狼，看似無害，因此被我稱為披著橘子皮的烈酒。少量且適量的酒，有益身心，但過量的酒，不僅會傷害身體，或害妳失身，也有可能讓妳全身赤裸地躺在公園裡，人財兩失，又或者把便利商店當成妳家的停車場，直接開進去，嚴重一點的話，會失去自己的性命，害別人也沒命，如果自己沒死，恐怕也得賠上鉅額的錢，才能勉強脫身，這種可能會害人害己的酒，沒把握的話最好還是別碰，除非是酒國英雄，否則沒有幾人能夠逃過它的威力。

咖啡因的誘惑

文：藍色水銀

冷了的熱咖啡

每當提不起精神做事、注意力無法集中、腦袋空空想不起一些事的時候，我總會泡杯茶或是咖啡，喝完之後，只要片刻，剛剛說的那幾種狀況就會消失，我知道不能太依賴咖啡因，那就像毒品一樣，會上癮的，最後會養成依賴性，而咖啡因從此變成白開水般，再也無法產生作用，也就是所謂的咖啡因成癮，至於症狀就不贅述。

小孩對父母的依賴也像是咖啡因一樣，適度的愛對小孩很好，但溺愛就麻煩了，小孩會過度依賴父母，失去了判斷力、創造力、想像力，甚至以為父母可以永遠幫助他，接著他會安於現狀，形同廢物一般，不會煮開水，也不知道洗衣機怎麼運作？衣服都晾不好，只會一昧的要求，今天要買玩具，明天要買名車，後天要穿名牌衣物，根本不清楚世界是怎麼運作的，也不瞭解大部分的人賺錢有多辛苦？

咖啡因會活化腦細胞，但會造成鈣質流失，父母的愛可以增進彼此的感情，也可能會耽誤一個小孩的一生。如果前一晚睡得好，能不喝茶就不喝，同樣的，孩子跌倒了，只要是輕微的那種，別急著伸手抱起他，要讓他知道，靠自己站起來，父母總有一天會離開他的。前幾天看了大陸的影片，三歲大的小孩就會洗菜、切菜、切肉、生火、煮開水、下麵條，接著煎了一個漂亮的荷包蛋，真的是太震撼了，不知道我的十六歲兒子，何時能夠跟這小孩一樣，可以自己下廚。

招牌咖啡的誘惑

文：藍色水銀

冷了的熱咖啡

Talking Bar 裡，只有一桌有客人，一男兩女在聊天，還有四位身材曼妙，臉蛋清純的女孩，穿著緊身的衣服、迷你裙在吧檯前坐著等客人上門，他們真的是純聊天，男人有些餓了，點了幾樣小菜，不過女孩為了保持身材，連筷子都沒動，而他也沒有意思要灌女孩們洋酒，因此女孩對他印象不錯，談吐間，更明白他是個股市分析師，開始問起股票明牌，男人只是輕描淡寫地說現在是高檔，隨時會崩盤，趕緊出清手中的持股吧！

男人之後每周五晚上報到，消費金額都在三千至五千之間，雖不大方，但很固定，也對女孩們很友善，因此大家都知道這麼一號人物，其中一個女孩則是他必點的對象，熟了之後，女孩甚至給他電話號碼，也跟男人約在咖啡廳見面，因為女孩真的想靠股票賺一些錢，股市果然崩盤了，這一跌就是五千點，這一天，男人準備了一束花，女孩卻爽約沒出現。

男人沒撥電話找女孩，而是當晚去 Talking Bar 找人，同事說她已經離職數月，要找她，只能到咖啡廳等，男人依照之前習慣約定的時段，連續一周都去等她，都點了相同的招牌冰咖啡，卻只能獨自坐在角落，當他放棄了這段緣份沒幾天，女孩就約他喝咖啡，但帶了一位風度翩翩的護花使者，原來女孩打算跟他去高雄，今天是來道別的，男人知道後並沒有太大的情緒起伏，除了恭喜他們，而男人從此也不到這家咖啡廳喝咖啡了。

曼特寧咖啡的誘惑

文：藍色水銀

冷了的熱咖啡

　　咖啡是非常複雜的農作物，產地、海拔高低、物種、發酵、炒製、研磨、沖泡、沖泡器、沖泡時間、水質、添加物、杯具、場所等等，都會影響咖啡的味道，甚至保存的方式，也會影響味道，學生時期的我，全都不懂，只聽過藍山、摩卡，跟女生去咖啡廳約會，她點了一杯冰曼特寧，要我也喝看看。

　　十八歲那年，為了追求女生，連續吃了十天的紅豆餅，還有十天的陽春麵，省下了五百元，卻跟她在一家咖啡廳裡花了四百五十八元，換算成現在的物價，大約是一千兩百元，外加後來的電影、晚餐，當天的花費超過一千元，真的是吃不消啊！後來才知道，她的父親開工廠，蠻賺錢的，難怪她花錢比較大方，不像我，每一分錢都要仔細的算過。

　　曼特寧是種風味很特別的咖啡，當咖啡經過食道，達到腸胃，它真正的香味才開始在唇齒之間蔓延開，接著充滿鼻腔，然後大腦才會感受到那強烈而特別的香氣，這味道就像她是我第一任女友那般特別，偶爾我會找一家沒去過的咖啡廳，喝杯曼特寧，回想著這輩子第一次約會的場景。也許你未曾喝過曼特寧，也許你永遠也不會喝，但你可能會因為蚵仔煎、楊州炒飯、小火鍋、牛排而想起某人，不論食物的味道是否特別，場所是否浪漫，都會因為那個人喜歡吃或喝，而自己也喜歡上了。

熱拿鐵的誘惑

文：藍色水銀

冷了的熱咖啡

　　他是個落魄的男人，在出獄後一直找不到工作，迫不得已之下，他厚著臉皮回頭找從前的上司幫忙，這上司剛剛成了直銷的代理，正缺人手，於是他很快就成了下線之一，在受訓的時候，她出現了，就坐在他身邊，兩人相處了一陣子，男人喜歡上女人，但女人只是把他當成好朋友。

　　直銷公司沒有成功，因為訂價太高，比競爭對手高太多，於是在半年後收攤，但兩個人的關係卻沒有變淡，他偶爾會約她，她也沒有拒絕，因為她的婚姻正陷入低潮，她需要讓情緒宣洩，兩人甚至開車出遊，看起來反而像真正的夫妻，但天黑了，女人終究要回家，這時男人意識到，想要跟她再進一步，恐怕不容易，於是兩人便開始不聯絡。

　　那是一個下雨天，女人來了一通電話，說自己在他家樓下，男人上了她的車，女人握著他的手，但男人沒有心理準備，竟然把手縮了回來，女人失望的拿起熱拿鐵，男人深情地看著她，本想親親她的臉頰，女人卻反悔了，要男人下車，隔兩天，女人約他一起到咖啡廳，坐在一個角落，訴說著婚姻中的各種委屈與痛苦，並表明自己還不想外遇，只是覺得男人對她很好，希望兩人暫時維持純友誼，男人接受了，但內心非常痛苦，她也很矛盾，因為丈夫不愛自己了，但愛她的男人卻沒有能力養她，只能繼續委屈自己，而男人想辦法力爭上游，期盼有一天能和她在一起。

即溶咖啡配甜甜圈

文：藍色水銀

冷了的熱咖啡

那一年，我的兒子剛出生，但我卻因為工作時傷了膝蓋旁的韌帶，連走路都有困難，於是，我跟妻子做了艱難的選擇，她去工作，而我在家照顧小孩，直到腿傷復原為止，就這樣，我在家中足足七十多天沒出門，日夜陪著才五個月大的兒子，還有一隻朋友寄養的瑪爾濟斯，後來因為它會跟兒子爭寵，還在兒子睡的床上尿尿跟大便，只好再將它轉到別人家。

由於收入有限，但開銷不小，兒子的奶粉、尿布等費用一天比一天增加，於是我跟妻子提議，我的早餐就壓到最低，一杯不到兩元的即溶咖啡，還有十元麵包或是甜甜圈，午餐就泡麵加蛋，或是冷凍水餃，這樣吃或許不健康，但總算度過難關，每天成功省下一百元左右，辛苦地度過了兩個多月，傷養好之後，母親提議由她照顧孫子，讓我跟妻子都出去工作。

現在疫情嚴峻，許多人都在家待業，或是只有半薪，我相信一定也有不少人選擇類似的方法省錢，辛苦且無助地過著，但非常時期也只好用非常手段來應付，在黎明到來之前，總有黑暗的時刻，這讓我想起小時候，外公外婆的辛苦，他們有五個小孩，光是吃就已經夠嚇人了，還得要讓他們讀書，難怪三個舅舅中只有一個念初中，另一個幸運兒是年齡最小的媽媽，在那樣艱難的歲月裡，他們到底是怎麼熬過來的？好難想像。

無聲的交響樂

文：藍色水銀

　　樂聖貝多芬，古典音樂的代名詞，但很多人不知道，他的第九號交響曲是在他失聰的狀態下創作的，也是他創作的最後一部交響曲，對於一個熱愛音樂的人，失去了聽力是何其痛苦的事，但貝多芬竟然在這樣的情況下，完成了篇幅宏大，全曲約一小時長度的交響曲，可惜的是他自己聽不到，我想這無聲的交響樂，可能是貝多芬最大的遺憾之一吧！？

　　就在此刻，第九號交響曲透過網路，傳到了我的電腦，經由便宜的喇叭發出聲音，傳進我的耳中，仍然那麼動聽，這部約兩百年前完成的作品，至今仍在古典樂中佔有相當高的地位，在許多古典樂的演奏會裡，仍會安排這部交響曲。無論是鋼琴小品：給愛麗絲，還是知名度很高的五號交響曲，都能讓音符在樂迷的思緒中飛揚，這就是貝多芬的魅力。

　　很多事都是想像力豐富才能創造的，或許我們無法像貝多芬一樣，聽不到任何聲音還能作曲，但我們可以運用想像力，創造出心中的那首交響曲，無論是在那一個領域，尤其是音樂、設計、文學、藝術、電影，甚至行銷、廣告等，越能夠天馬行空，越有機會創新，蘋果手機的觸控螢幕，不就是這樣來的，它完美的跳脫出鍵盤的束縛，並將更多的功能整合，讓電話不再只是電話，同時也是月曆、手電筒、計算機、遊戲機、相機、電腦，還有很多很多。

咖啡因的作用 - 紅茶篇

文：藍色水銀

冷了的熱咖啡

　　平常的我是不喝紅茶的，除了不會泡，也買不到喜歡的，所以紅茶跟我的緣分一直不深，一直到前年，換了新工作室，附近的一家雞排店，有兼著賣飲料，我才偶爾喝紅茶，無糖、去冰、回家後加水，主要是配餅乾或科學麵用的，不過因為眼睛看不清楚，驗出糖尿病，我已經把餅乾戒了，偶爾嘴饞，會吃一包科學麵或洋芋片。

　　這家的紅茶，加了二成的開水後，變得順口許多，也不會澀了，而且咖啡因濃度超高，每次喝完都精神抖擻，就跟保力達蠻牛廣告的效果差不多，我有做過簡單的統計，只要喝紅茶之後，當天便可以生產出至少三千字的小說，多則五千字，不過它也是有致命缺點的，紅茶會利尿，所以前一陣子抽血時，護士說血液太濃，抽不出來，要我多喝點水。

　　有一次，剛好想把手上的稿子趕完，連續喝了三天的大杯紅茶，嚴重的副作用產生了，第四天起床後，便覺得腦袋空空，精神狀態不佳，而且有嗜睡的情況，當天足足睡了十三小時之多，應該是前面三天把腎上腺素耗光了，那次之後，我就很少連續喝紅茶，我要求自己，每周最多二杯，最好兩周一杯，否則精神一直處於亢奮之下，恐怕對身體不好，這陣子，幾乎沒喝紅茶了，因為打了疫苗，想讓血液濃度別太高，血液循環好一些，於是就暫時戒掉了紅茶，取代它的是白開水。

咖啡因的作用 - 綠茶篇

文：藍色水銀

冷了的熱咖啡

　　十八歲時，附近開了一家泡沫紅茶，偶爾會買一杯綠茶來嚐嚐，那時還年輕，不知道咖啡因已經作用，只知道睡不著，整晚翻來覆去，加上中國醫藥大學急診室就在附近，半夜總有幾部救護車，起床後的感覺真的是痛苦啊！後來才知道咖啡因這麼厲害，不能隨便喝，至少不能在下午才喝。

　　後來發現了咖啡因的作用之後，便開始善加利用，總能夠讓我在精神不濟的早上清醒些，而現在我找到了早上精神不好的真凶：糖尿病，因為吃早餐後便開始陷入半昏迷，所以學生時代，我每天都昏昏欲睡，自從改成一天兩餐，澱粉量減為兩成，我再也沒有糖尿病，三高也都自動消失，更神奇的是不靠咖啡因，精神也可以很好。

　　目前已經很少喝外面買的綠茶，都是在家裡泡高山茶，高山茶的好處是不傷胃，只要遵照正確的泡法，就算喝個三泡也還不會影響睡眠，但跟紅茶一樣利尿，因此水份的補充還是必須的，而高山茶的價格雖然不親民，不過如果自己泡，並不會比各家的茶攤貴，甚至稍低三成，為了省錢，現在已經戒掉在外購買綠茶，而且喝熱茶，比較適合中年大叔，過了五十歲以後，便很少再碰冷飲、冰品、冰水果等，偶爾陪兒子喝一點可樂，開始注重養生了，身體狀況確實逆轉不少，綠茶是一大功臣，它讓我戒了含糖飲料。

紙盒包裝奶茶的誘惑

文：藍色水銀

冷了的熱咖啡

　　在還沒有戒掉甜食之前，在餅乾、巧克力、紅豆餅、雞蛋糕、鬆餅還沒有戒掉之前，我經常買一盒，來配上述的甜食，當成一天的早餐或是宵夜，它就是便利商店架上的飲冰室茶集，我比較喜歡紅茶為底的，因為它跟甜食是絕配，但也因為這樣，我的體重直線上升，衝到了人生最高點，看著體重機上的指針指著88，我嚇出了一身冷汗。

　　在意識到自己已經嗜吃甜食之後，沒多久就驗出糖尿病，飯前血糖三百多，糖化血色素高達十以上，醫師建議立即施打胰島素，但我不想打針，也不願吃藥，因為我看到母親的狀況了，她吃了二十年的藥，糖尿病依舊存在，於是我想起了間歇性斷食，搭配低醣飲食，成功地將體重減了十多公斤，血糖也恢復正常，連白內障也自動痊癒，不用說，三酸甘油脂也降到標準。

　　現在的我，偶爾還是會買一盒，或許我已經不再是那個嗜甜如命的我，但少量嚐嚐無妨，因為只是喝奶茶，沒有搭配甜食，所以可以毫無顧忌，之所以會愛上這個味道，還有一個原因，盒子外的新詩，上面的詩幾乎不會重複，看著詩，心情也就轉變了，而這些詩，也有專人在整理，也許十年之後，就會多達千首以上，別說出一本詩集，出十本都可能綽綽有餘，在便利商店的架上，它就是那麼地特別，也擄獲了許多支持者，經常購買。

紙盒包裝綠奶茶的誘惑

文：藍色水銀

冷了的熱咖啡

　　幾年前，認識了一個女人，跟她的關係算是好朋友，因為她不願意成為我的伴侶，但又經常跟我見面，我們見面的地方多半是她家附近的便利商店，她說紅色包裝的飲冰室茶集太甜，要我試試綠色的，於是小小的桌面上，有兩瓶綠奶茶，還有一堆手工藝品材料，經常一邊做手工一邊聊到半夜三四點，這樣的關係大概持續了一年，後來兩人都很忙，就比較少見面。

　　前年底，她在巷子裡租了一間老房子，將裡面堆滿了東西，說是她的工作室，這間工作室，我也付出了許多，幫她載了許多東西進去，只是後來我更忙了，所以就越來越少出現在那裡，偶爾拜訪她，綠奶茶已經不是我們的飲料，取而代之的是更高級的手沖咖啡或是高山綠茶，這兩種飲料，算是我們共同的嗜好，我們也曾不約而同的，在不同的時間跟地點買了相同款式的夾克。

　　如今這款飲料我已經很少喝，一方面是不願想起那段甜蜜卻沒有結果的感情，一方面是飲食習慣的改變，間歇性斷食有一個非常棒的作用，那就是細胞自噬，也就是細胞重生的意思，一年多以來，我確實感受到自己的身體狀況轉好，不再是那個藥罐子，目前還沒轉好的剩下膝蓋旁邊的韌帶，我想，還是要安排時間去做震波治療，之前有做過兩次，覺得有效但還是差了一點點，希望能夠治癒，爬樓梯不再需要扶手，並以正常速度爬上去。

無盡的等待

文：藍色水銀

冷了的熱咖啡

在戀愛的過程中，有些女生會為了考驗男生，故意讓男生等，等很久，我就曾經遇過，那是將近二十年前的事了，我們約在一家低價咖啡廳見面，時間是下午一點，我怕遲到，於是提早了二十分鐘，先點了一杯無糖黑咖啡，咖啡喝光了，對方還沒出現，時間是兩點半，我撥出電話，但她的電話沒開機。

直到下午四點，共撥出了十多次電話，結果還是一樣，都是轉接語音信箱，後來我知道，她不只是會遲到，還會電話不開機，以及忘記約會的時間跟地點，這狀況發生了三次，之後我就不等那麼久了，超過三十分鐘的話，我就會回到住處睡大頭覺，有一次，我等了四十多分鐘，剛離開不久，她就來電說已經到了，於是我回頭，卻被念了一頓，我沒有解釋，但我決定以後不再這樣等了，我改變了做法，我也遲到半小時，果然，還是我先到的機率比較高，只有一次她比我早到。

或許，她可以在跟我的約會中一直遲到，但這樣沒時間觀念的人，誰可以一直容忍？所以她被資訊公司開除了，後來去電子公司上班也被開除了，還有一家公司，更因為她經常遲到，扣她薪水，結果白忙了半個月，兩敗俱傷，結局就是存款花光，要我暫時養她，我雖然告誡她一定要準時，但分手後她依然故我，又換了幾份工作，再怎麼喜歡她，也無法再忍受沒時間觀念的她，要我在咖啡廳裡無盡的等待。

冰咖啡冷咖啡熱咖啡

文：藍色水銀

冷了的熱咖啡

　　年輕的時候，只愛喝冰的飲料，無論是開水、舒跑、可樂、沙士、果汁、咖啡，沒加冰塊或是冷藏過，一律不喝，而且喜歡甜的，這樣的習慣，一直到了前幾年都沒改變，直到幾年前，遇到了一個真正懂咖啡的人，我才開始改變，雖然她的話很有道理，但習慣太難改了，所以就先改喝無糖黑咖啡，但還是冰的，那是我第一次覺得咖啡的香氣是會衝上腦門的。

　　後來，漸漸改成喝冷咖啡，也就是常溫的咖啡，無論是買來的冰咖啡放到常溫，還是熱咖啡等它變涼，此時的咖啡多了苦味，但會回甘，就這樣喝了一年多，直到前年冬天，搬到新的工作室，買了茶具，開始喝高山茶，也開始學泡咖啡，這才真正地放棄了冰咖啡跟冷咖啡，進入了另一個境界：品味咖啡而不是品嚐，也不是把咖啡當成飲料，或是當成蠻牛為了提神來喝。

　　冬天喝熱咖啡，除了暖暖身體，讓手掌變暖，主要還是咖啡的香與苦，咖啡香是撲鼻的，跟高山茶的淡雅完全不同，入口也許會苦，也許不會，這完全取決於用的咖啡豆，但這種苦，卻讓人不會排斥，因為它不會持久，過幾秒後便會回甘，這時香味又會進入鼻腔，原來咖啡的學問真的非常深，我雖然只是接觸到皮毛，就已經被深深吸引，它像個神祕女郎，時而火辣，時而優雅，時而美艷，時而恬靜，擄獲了我這個中年大叔的心。

午後

文：765334

盛夏午後。

一片晴空萬里，瞬間變臉成烏雲滿布。

整理著手沖咖啡的器具，準備周末午後的閱讀時間。

看著我的忙碌，他提醒我。

待會雨就下下來了，要不要先收拾陽台的衣服。

我堅定的回答他。

雨不會這麼快就下下來。

磨好豆子、煮好熱水、測好溫度、量好比例。

一切準備就緒。

順著濾紙的弧度，滾燙的水。

一圈一圈又一圈的滑落，就好像，水上樂園的滑水道。

熱水們開心地、爭先恐後地，滑到了底。

就在按下記時器的瞬間。

一陣雷響，伴隨著大雨，一起來到我的耳邊。

顧不得冒泡咖啡粉的注視。

我三步併兩步的往陽台而去。

只見曬衣桿上。

空空如也。

立刻拔腿狂奔到更衣室。

看見他正在用笨拙的動作，摺著衣服。

這一切發生的太快，當我回過神。

才發現，計時器已經尖叫了好久。

衝回廚房，三十秒鐘，早已經過。

生著悶氣。

就像是，下著雨的悶熱。

滿臉困惑的他，不懂為何自己的殷勤，完全得到了反效果。

他不反抗也不解釋，只是牽著我的手，來到廚房。

幫我量好豆子的重量，再將豆子磨得粉碎。

拿起手沖壺，測量到九十度之後，他將手沖壺放到了我的手上。

我們一起，慢慢地，看著流水的滑落。

終於。

咖啡香來到了我的面前。

拿上一塊最愛的波士頓派。

擺好靠枕的最佳角度。

滿心期待著。

一本好書。

即將登場。

雨水緊湊又誇張的打在窗戶上。

猶如劇情撲朔迷離的走向。

午後。

就該如此美好。

星期六早晨

文：765334

陽光，經過了窗廉。

一路來到我的房間。

夏日的清晨五點鐘，太陽，起得比我們還早。

喜歡夏天，白天很長，夜晚很短。

也喜歡冬天，白天很短，夜晚很長。

只要有你，四季都很好。

滾燙的咖啡，已經煮熟。

荷包蛋的香氣，滿溢著空氣。

興奮到跳躍的吐司，探出了頭。

一顆顆的奇異果，享受著水流的按摩。

清晨六點鐘。

所有的精心安排與設計，都已經就座。

貪睡的你，卻還捨不得離開那甜甜的夢。

咖啡已經冷卻，但是不能加熱。

因為，你習慣喝第一沖的咖啡香。

打開輕柔的爵士樂，翻閱著文字給的世界訊息。

伴隨著陽光給的溫暖。

真是喜歡這樣。

微熱的星期六早晨。

或許，發燙的不是我的臉頰。

而是因為你的存在，而雀躍的心。

期待著，待會你盡情享用，這些為你所準備的一切。

時間來到了七點鐘。

聽見你匆忙起身的聲音。

先是刷牙。

接著穿衣。

以上這些動作，快的我來不及反應。

當我們對上了眼，你抓了鑰匙就要踏出門口。

理由是。

他們等著你回家吃早餐。

不能挽留。

也無法挽留。

至少。

已經擁有昨天。

就不該。

期待今天。

咖啡。

不再升起淡淡的白煙。

輕啜一口。

苦不堪言。

加入冰塊，讓它涼快一些。

入喉的寒冷苦澀。

跟心中的感受很像。

攪拌發出的聲響。

蓋過了眼淚的求救訊號。

那冰塊碰撞玻璃杯的爭吵。

很尖銳、很輕盈、很清脆。

手機。

始終安靜。

躺回床上，感受著你留下的體溫。

大口的吸著你的味道。

閉上眼。

回到昨天。

索然無味

文：765334

冷了的熱咖啡

不論是上班日或假日。

每天早上來一杯黑咖啡。

是固定的行程。

偏低的溫度，讓窗戶起了霧。

水滾了。

開始看咖啡慢慢的滴漏。

七點鐘的晨間新聞開始了。

咖啡也已經開始在冒煙。

一如往常的早晨。

電話聲響，突然打斷了這樣的平靜。

那頭的人，慌慌張張的說了經過。

我聽見她在哭。

無助又徬徨的哭喊。

這個突發狀況，讓我跟著眼眶泛紅。

很快地，跟著流淚。

以最快的速度，我馬上來到他們身邊。

看著陪伴我們十一年的牠。

身體已經僵硬。

抱著牠。

我邊流淚邊跟牠說。

謝謝妳來當我們的家人、妳是一個很乖的小孩、有緣我們會再相見、感謝妳這麼多年的陪伴。

愛妳。

好愛、好愛妳。

千言萬語，都無法形容，對妳的愛。

說了好多好多，卻好像，永遠都說不夠。

最後。

我告訴牠。

好好的走，我們永遠愛妳，往後，也會一直愛妳。

再怎麼不捨，還是要放手。

母親哽咽的說著，就讓那條粉紅色的毛毯，跟著牠一起去吧。

輕輕地。

我將牠給包裹好。

想用自己的體溫，給牠一點溫暖。

冷了的熱咖啡

真的無法停止自己臉上，奔流的淚水。

心痛與不捨。

在此刻。

清楚的好刺痛。

奔波了一天，回到家，已經來到了晚間新聞。

隨手拿起早上那杯黑咖啡。

明知道會很難喝，還是吞下了喉。

結果。

索然無味。

咖啡的冷，在杯子裡邊劃出了一個圓圈。

坐在電視前，需要很長的時間，來消化這十一年的一切。

我還不想。

跟妳說再見。

人走茶涼

文：765334

離婚這件事。

在現今的時代，看似平凡，卻還是充滿著傳統色彩。

歷經另一半多次背叛，她的一次次原諒，並沒有換來相應的對待。

好像她的坦然接受，反而更加地助長，另一半的遮遮掩掩。

她不是不在意，也不是不在乎。

她只是，想給兩個孩子。

一個完整的家。

在她身上。

完全展現了。

「女性本弱，為母則強」這句話。

在處理離婚的過程中。

來來回回、修修改改、不停協商。

每一次談判，都耗盡她的所有。

她要的，不是物質上的金碧輝煌。

而是，兩個孩子的最佳利益。

在理性與感性的拔河中。

她的理性，戰勝了感性。

最終，她選擇放手。

但是，又有誰會知道。

這個決定。

多次讓她在夜裡，滿臉淚痕的醒來。

在掛了孩子的撒嬌電話之後，迎接一場場撕心裂肺的哭喊。

在每個週末與孩子道別後，淚眼模糊到無法開車。

她對孩子的愛。

並沒有因為她選擇退居幕後而減少。

反而，想給他們更多、更多、更多。

她沒有錯。

卻要在事後，成為被公審的那一個。

我們陪著她哭，也跟著她笑。

桌上飄香的咖啡、精緻的餐點，都比不上她的重要。

故事終於告一段落。

好與壞，不應由外人來論道。

拿起桌上的咖啡，淺嚐一口。

冷得好苦。

而這入喉的苦楚，是否就是她歷經的世態炎涼。

咖啡冷了，可以再來一杯。

冷了的熱咖啡

人情涼了，不可再追。

人走茶涼。

卻是如此。

美式咖啡

文：765334

媳婦這個角色，真的不容易。

母親的婆媳問題，是她一輩子的心魔。

難以解開。

清晨六點。

幫母親買了一杯，她每天早上都必需喝的美式咖啡。

翻閱著報紙，油墨，沾染到了手指。

打開濕紙巾，我用力的將那黑色油漬給擦乾淨。

母親見狀，憶起了她的往事。

開始抱怨起，她婆婆的勤儉。

而這些故事，我已經聽了不下百遍。

我放下只喝了一口的咖啡，闔上報紙。

靜靜地，聆聽她的抱怨。

每次說完故事，她的結語一定是：我也只是說給妳聽啦，妳聽聽就好。

是的。

我也只能聽聽就好。

90

我是奶奶帶大的孩子，跟奶奶的感情，不能說很深厚。

　　但是，很緊密。

　　母親總說，奶奶最疼大伯的兒子。

　　母親總說，奶奶重男輕女。

　　母親總說，奶奶就是偏心。

　　母親說的好多，我都笑著回應。

　　但是，在我的成長歷程裡。

　　奶奶對我的照顧與呵護，從來就不比別人少。

　　務農的奶奶，會在我們起床之前，準備好一桌子的早餐，等待我們醒來。

　　每天放學，我最期待在天色黃昏之際，用柴火燒洗澡水，迎接即將回到家的奶奶。

　　木頭燒出了香味，煙囪緩緩的冒出白煙。

　　抬頭仰望，太陽的紅色，混著淡淡的黃色。

　　奶奶回家了。

　　盥洗完，她開始為我們準備晚餐。

　　廚房的熱鬧，我總是興致高昂的參與。

冷了的熱咖啡

母親知道那一切，卻總是喜歡忽略。

冷冷的咖啡，安靜的跟我對看。

沒有聲音、沒有呼喊、沒有求救。

就像是。

母親當年的小媳婦模樣。

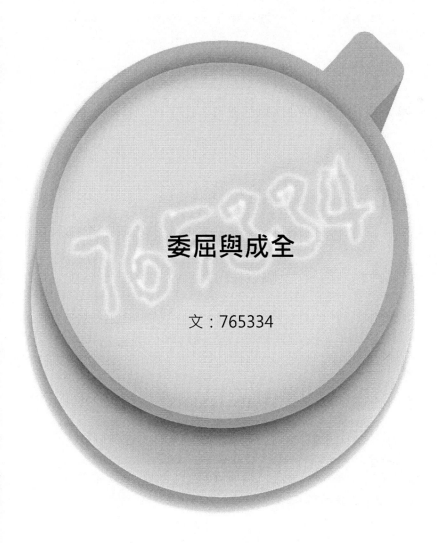

委屈與成全

文：765334

開心的時候，放聲大笑，彎彎的眼睛，帶著發亮的自信微笑。

難過的時候，放任自己哀傷的無可救藥，是一種浪漫吟遊詩人的特性在發酵。

你愛我的時候，這些都是令你無處可逃的誘人美好。

當你愛上了她之後。

那些都轉變成了，你想逃離的種種壓力與難熬。

人心的變化。

高深莫測，又瞬息萬變。

還來不及問你為什麼，就已經連你的背影，都探詢不著。

努力的想找回，那令人懷念的單純與美好。

你卻不肯配合，獨留我一人，在陌生人面前，深深地痛哭、慢慢地痛苦。

凌遲著自己的不是你，而是放不下也不肯放下的過去。

拚盡了全力去尋找，喚回你的種種方法。

卻始終，得不到任何回音。

熱飯熱菜，等不到欣賞它的人來享用

沒關係。

一塵不染的整潔，沒有願意多看它一眼的人在停留。

也沒關係。

任何一個越來越晚歸的理由，不論再扭曲與荒謬。

也都沒有關係。

因為，王子與公主，就該如外人所想像，快樂又幸福美好。

問你，是否還記得，我們從前的快樂。

你卻總是，擅用沈默這個武器來防衛。

曾經的開心與快樂，它流失到了哪裡。

為何在你身上，遍尋不著我們相愛過的痕跡。

只想努力的扮演好，你喜歡的每個模樣。

卻換來，你問，為何要對她視而不見。

燙手的咖啡，也燙傷了我的雙眼。

灼熱的發紅眼神裡。

你是否看見。

我的委屈與成全。

冷卻的咖啡

文：765334

在他女兒出生後的第五天。

他的父親，辭世了。

而他父親辭世的那一天，是另外一個他的生日。

不到一杯咖啡的時間，大家已經聊了那麼多。

幾句話、幾個字。

說的卻是，那些人的一生。

聽著他們的對話，看著他們嘻笑的眼神。

似乎，大家只對那位新生兒有興趣。

只是，這樣的交談，更加地展現出，他們避談那條逝去的生命。

在今年，短短的一年間。

經歷許多親朋好友的逝去之後。

突然領悟到，坦然的面對祂們的離去，才是處理悲傷最好的方式。

雖然這種處理方式，痛不欲生。

卻能夠在每次的哭泣之後，重獲新生。

懷念他們、想念他們，總是令人淚流滿面。

只是，唯獨靠這樣的懷念與想念，更能感受到祂們的存在。

就好像是，在自己的心裡面，把祂們的這一生，反覆的閱讀再閱讀。

每次讀取回憶，總能在其中，找尋到許多，以往不曾留意的美好。

這些美好，滋養了我們的日常生活，豐富了我們的每一天。

因此，更加地感謝祂們的出現。

不論祂們出現的時間是長、是短，那都是一段，只專屬於祂們跟自己的旅程。

好時光、壞時光，由我自己來定義。

話題，好不容易轉回了壞消息上。

想不到，祂生命的最終，只剩下奠儀的金額與數量。

手上的熱咖啡，已不復方才的熱度。

喝了一口，接著，就將它擱在一旁。

那杯冷卻的咖啡。

跟祂。

冷了的熱咖啡

好像。

太燙，入不了口。

冷了，又苦不堪言。

英文小說

文：765334

推開沉重的玻璃門，熟悉的咖啡香味，立刻撲鼻而來。

沒有任何的猶豫，直接就往那個座位走去。

看著眼前的菜單，慢慢地回想。

妳上一次點的主餐及飲品。

稍後片刻，桌上的等候號碼微微地震動彈跳著。

取餐後。

將妳的餐點，放在了妳的座位。

打開那一本，妳還沒看完的英文小說。

攪拌著冰塊。

看著它們在咖啡海中，載浮載沉的嬉鬧著。

當視線來到了小說的第一頁。

對妳的思念與想念。

突然地。

有如山洪暴發一般，湧出在我的胸前。

如果不馬上深呼吸，我就快要不能換氣。

含著眼淚，不讓它落下。

是妳那杯熱咖啡冒出來的白煙，模糊了我視覺。

望著那空無一人的座位。

我好想念，妳的笑聲。

不知道時間已經過了多久。

我才終於，停止望著妳的座位。

回到手中的英文小說，讀了起來。

循序漸進的，跟著妳的腳步。

當我來到了，妳終止的那一頁。

輕輕地。

我將右上角的摺痕給打開。

再輕輕地。

將書頁給撫平。

接下來。

就讓我們兩個，將故事繼續下去。

周圍的聲音很吵鬧。

音樂輕輕柔柔的，卻也很大聲。

客人點餐的聲音。

各式各樣杯盤碰撞的聲音。

全都打擾了我看書的心情。

闔上書本。

我才發現。

無法將妳結束的句點，接續下去。

輕輕地。

我將書頁上的折角，再次放回。

似乎這麼做。

就好像，這本書，在等著它的主人回歸。

妳的熱咖啡，不再冒煙。

我的視覺，也慢慢的恢復清晰。

這樣的循環，還要再走幾遍。

我才能夠。

不再想妳。

華爾滋

文：765334

冷了的熱咖啡

數四個格子，一個上午，就過完了。

國文老師黑板上的筆記，看不懂。

英文老師講解的文法，聽不懂。

只有不停的倒數著。

下課鐘響，中午十二點鐘。

時間，停止在座位。

眼睛滑著手機，眼光卻留意著門口。

「欸，有人找妳。」

抬起頭，你就站在門口。

那是，十二點十分。

接過你手中的咖啡。

道別之後，想念，開始發酵。

下午的體育課，太陽的熱情，如同我對你的思念。

坐在籃球場邊。

球鞋煞車在場上的刺耳聲，籃球強烈撞擊地板的吵鬧。

周圍的吵雜，都略過了我的耳朵。

我只聽見，你昨天說：「明天中午幫妳買咖啡要嗎？」

放在桌子左前方，站在角落的那杯咖啡。

沉甸甸的重量，如同我對你的喜歡。

捨不得喝，也不想喝。

拿起它，你的指紋，與我心心相印。

微笑。

在每個想起你的瞬間。

放學了。

拿著那杯咖啡，穿過人潮，走過樓梯。

小心翼翼，上了捷運，搭上電梯。

細心呵護著它，來到補習班的教室。

咖啡冷了，心卻好熱。

一進門。

你看見了我。

先是驚訝，接著露出了笑臉。

一如往常，坐到你左前方的座位。

才剛入坐，你的訊息就來到。

忍住臉上的笑意，看著手機螢幕上的你。

「沒有喝喔？還是別人幫你買的？」

轉過頭去，給你一個白眼。

講台上，老師說的每一句話、寫的每一個字。

都無法專心。

原來。

開心會讓人雙手顫抖。

高興會讓人雙頰漲紅。

興奮會讓人心跳加速。

曖昧會讓人無法自拔。

我的心臟，在優雅的跳著華爾滋。

每一拍，都是因為你而起舞。

咎由自取

文：765334

跳脫舒適圈，需要多大的勇氣？

尤其是，當人生已經來到四十大關時。

一位同事，因為自己的自以為是、努力求表現、強出頭，得罪了大老闆的秘密情人，因而處處被封殺。

於是，大老闆想方設法，要使用合理又合法的理由辭退她。

就在年關將近，派遣人員需要更換合約時。

正是他出手的好時機。

最終，事情擴大到，全公司的人都知道，大老闆的真正用意。

即便遭受這樣的屈辱。

她依舊不肯離開，打算奮戰到底。

只是，大家都心知肚明，她鬥不贏他。

而她自己心裡清楚也明瞭，她非走不可。

這一場戰爭，一開頭，就沒有公平可言。

這就是真實的人生、現實的社會、醜陋的職場。

小蝦米，永遠都鬥不過大鯨魚。

聽著她，抱怨自己的處境。

我終於能體會，咎由自取這四個字的意義。

其實，就在大老闆第一次出手對付她的時候，有留個很好的台階讓她下。

偏偏，她自己不肯離開舒適圈，硬著頭皮留了下來。

以至於，把自己丟進了今日這般，灰頭土臉的情境。

可憐之人，真的都有可恨之處。

這名同事的可恨之處在於，她永遠都在為自己找藉口。

或許，她已經習慣，把自己形塑為受害者。

整場下午茶，話題就圍繞在。

她老公對她不好、她公婆對她苛刻、她大姑跟她針鋒相對，以及同事對她不友善。

怨天、怨地，能怨的，她都怨了。

卻始終，不曾檢討過她自己。

「妳口都不會渴嗎？咖啡快冷了，先喝吧！」

那杯咖啡的苦，完全展現在她的眉宇之間。

「就跟妳說了吧，冷了會很苦」

「不會，我的人生更苦。」

不知道要到什麼時候，她才能看清。

她的苦，都是她自己給附加的。

燙傷

文：765334

有一句俗諺，是這麼說的：「男怕入錯行，女怕嫁錯郎。」

而女生嫁得好不好，要從何定義起？

嫁給有錢人、嫁給有權有勢之人，就是所謂的嫁得好嗎？

這個「好」字，綁架了多少女孩的價值觀。

她在 25 歲那一年，嫁給了長她好幾歲的他。

從那一天起，她的頭銜，變成了「先生娘」。

在外人眼中，他們倆個，就是人人稱羨的神仙眷侶。

她連笑，都滿是亮晶晶的歡喜。

很快地，他們就成為了一家五口。

那幅畫面，正是幸福的家庭模樣。

只是，卻在每一回見她，都覺得她臉上的光彩，慢慢地在消散。

待孩子大了，在男方事業與孩子課業的考量之下。

他們決定，夫婦分隔兩地，各自努力。

幾個年頭過去之後，那些流言蜚語，傳得沸沸揚揚。

然後，也來到了我這裡。

好不容易，我們，又見了面。

她曾經的風采，早已不復見。

換上的，是歷經滄桑後的倦容與哀愁。

一頓飯之後，在我們獨處時，她突然問：「妳聽說了嗎？」

說有，太過於傷人。

說沒有，絕對是過於矯情。

不敢望向她，我點了點頭。

她再說：「是真的。」

「好。」這是我在顫抖中，唯一能說出口的一個字。

「幫我買杯咖啡好嗎？最近都睡不好，需要提神，待會還得開車載孩子。」

她用空洞的眼神，接過我買的咖啡。

那一剎那，心裡頭，酸酸的。

她的苦，好像傳到了我這裡。

那杯被她緊握的咖啡，她沒有喝過一口。

不肯放開，卻燙傷了，她自己。

戒掉

文：765334

一個女人，在婚姻中，究竟會失去多少自己。

朋友結婚八年，肚皮始終沒有動靜。

許多民間偏方她都試過了，該做的檢查，夫妻倆也都檢查過了。

但是，天不從人願，怎麼樣都等不到好消息。

她眉頭緊鎖：「我真是不敢相信我媽會說出那種話！」

看著她氣呼呼的模樣，心疼又不捨。

因為，我知道，求子之路，她走得多辛苦。

為了不讓家人擔心，她始終沒有讓家人知道，她難以受孕這件事。

結果，她這樣貼心的舉動。

換來的，是母親的不諒解。

「妳知道嗎！她竟然跟我說，早就叫妳生妳不生！」她的怒氣之中，帶著滿滿的委屈。

問她為何不去做試管嬰兒。

她的答案，依舊是以家人為優先：「不能讓我媽知道我生不出來。」這句話中的無奈，連空氣都跟著汙濁起來。

「為什麼？」

「因為她會覺得丟臉。」

是阿。

眼看著家族裡的叔叔、伯伯、阿姨們，個個都兒孫滿堂，就他們家這一房，一個籽都沒有。

「妳不喝南瓜湯嗎？」

試著透過點餐，轉移這個令人哀傷的話題，卻得到她的回答是：「中醫說瓜類太寒了，備孕不能吃。」

我們兩個，相視而苦笑。

從學生時期開始，我們認識的她，就有如一匹脫韁的野馬，完全不受任何控制。

而現在，中醫的一句話，卻有如聖旨般的讓她不敢違背。

餐點上了，發現她點了一杯熱紅茶，又忍不住發問：「怎麼沒有點妳最愛的咖啡阿？」

「我婆婆去問了濟公師父，說喝咖啡不好，要我戒掉。」

我笑了。

她也笑了。

冷了的熱咖啡

她戒掉的，不只是咖啡。

而是，她原來的自己。

奔喪

文：765334

「奔喪」這兩個字，字面上的意思看來，有著匆促又著急的意涵。

但是，實際上體會一遍。

會發現，奔喪的過程，是場極端緩慢的悲傷。

每一分、每一秒，都好似光年那樣的長。

然後，把心急如焚，拉的好冗長又遲緩。

終於抵達目的地。

平靜的周圍，卻好像，有一陣強大的龍捲風。

壟罩了你。

站在暴風圈的中心點，那樣的狂風，就快要將你給連根拔起。

為了不被甩到上空。

你需要使出比平常更強大的力量，才能將雙腳穩穩地踩在地上。

沒有微風吹拂，卻覺得天旋地轉。

用力的穩住重心，才不至於倒地。

聲聲叫、聲聲喊、聲聲喚，卻得不到任何回應。

眼前的一切，陌生的好熟悉。

　　還來不及感受哀傷，你已經被迫不停地移動再移動。

　　從家裡，到警察局，到殯儀館，再到警察局。

　　最後，又回到那個已經沒有人的家中。

　　不停流下的淚水，是當下唯一能感覺到的真實感。

　　怎麼樣都擦不乾的眼淚，在告訴著你。

　　你很難過。

　　可是，你又必需很堅強。

　　因為，只要稍微一恍神。

　　那股強大的哀傷，就會趁虛而入。

　　那會使你無法思考、腦中完全空白。

　　壓在胸口的重力，讓你很難呼吸。

　　在如此混亂的當下，你還得做出許多決定。

　　電話不停地響、訊息不斷地出現。

　　你說了什麼、做了什麼。

　　好像有印象，卻又記憶模糊。

　　最終。

　　你發現，手上拿的那杯咖啡。

冷了的熱咖啡

早已冷卻。

就跟你的心情一樣。

降到冰點。

解脱

文：765334

每天早晨五點起床。

盥洗完後，吃早餐，六點半準時出門。

七點鐘，抵達目的地。

上香、整理桌面。

然後，放上你最愛的熱咖啡。

每天的每天，都是這樣不變的行程。

陸陸續續，又有人抵達。

唯一不變的是。

妳總是在十點鐘來到。

跟我一樣。

過著不變的行程。

因為，我們都知道。

能這樣靜靜地陪著他，過一天，少一天。

這一天，當妳坐到我身邊。

妳突然說起，不知道為什麼，這幾天想起他，總是會流淚。

接著，妳反問我的感受。

沒有任何回應，就是我的回答。

手中折蓮花的動作沒有停歇。

眼眶卻早已濕潤。

也聽見，妳開始哽咽。

原來，我們都把傷痛，放在心中。

不知道如何表達。

也不知道，要怎麼表達。

一切，都快地像快轉的電影，一幕幕都飛速得好快，逼得我們必需濃縮自己的情緒。

於是，我們把所有的哀傷，都真空包裝在心底。

但是，卻也只需要一點點的淚水，就能把這塊真空包裝的海綿，放大。

並且，膨脹到無法無天。

或許是因為那持續不斷的佛經聲。

或許是因為那些旁人的哭泣聲。

或許是因為那個法師手中的搖鈴聲。

所以，只要落下一滴淚，就無法阻斷後面的連綿不斷，像是土石流般，一發不可收拾。

午餐時間到了。

冷了的熱咖啡

　　擦乾眼淚，取下你面前那杯熱咖啡。

　　淺嚐一口，苦不堪言的冰冷裡，卻喝到了，你終於解脫的快樂。

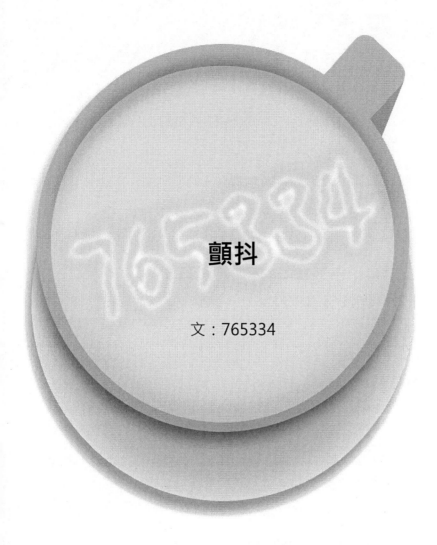

顫抖

文：765334

那一晚，細雨連綿。

經過好幾個左彎右拐，終於來到警察局門口。

下了車，小跑步的奔上樓梯。

門口的警員問，是某某某的家屬嗎？

含著淚，大聲的說：「是。」

設備老舊的警局，一切都好簡陋。

連椅子，都有好幾張是壞的。

沒有心情坐下，只能站著來回踱步。

聽著他們敘述，事情發生的經過。

惶恐、不安、難過、自責，種種負面的情緒，全部一湧而上。

腦裡子不停地回想，最後一次與他說話是什麼時候。

卻怎麼想，也想不起。

晚上十點鐘，走出警局。

細雨下個不停。

在黑暗中，上了車。

用力抖掉身上的雨水。

再經過好幾個，那些熟悉的左彎右拐，來到了你家。

空氣的味道、觸摸得到的潮溼感、眼前那道有點腐朽的木門、前院種植的小花小草，一切，都跟往常一樣。

深吸一口氣，打開那道木門。

裡頭的一切，都已天翻地覆。

你的身影，再也不會出現在客廳、餐廳、廚房、臥房。

強迫自己，保持冷靜，開始尋找，員警們需要的身分證、健保卡、戶口名簿、戶籍謄本。

這種時候，有個能夠專心一致的目標，是件好事。

但是，卻在翻箱倒櫃之中，翻到好多的回憶。

你的照片、我們的照片、我們的合照、你跟他們的合照，好多好多的東西，都在向我敘述著，我們的曾經。

離開了那間屋子，上了車，拿起那杯，幾個小時前買的咖啡。

咖啡，冷了。

手中的顫抖，提醒了我。

就在這短短的幾個小時之間。

原來，經歷了人生中，最惶恐不安的旅程。

冷了的熱咖啡

靈感飛走了

文：葉櫻

冷了的熱咖啡

　　靈感是種奇妙的東西，就像是能帶來幸福的青鳥，卻無論如何都抓不到，也像是養了好幾年，卻怎樣也叫不來的貓。它是那種最符合莫非定律的東西：你需要的時候永遠找不到，在不需要的時候，把自己塞進你懷裡，攪得你心神不寧，甚至要從被窩裡面爬起來，就只為了草草寫下幾句唯恐明天就會遺忘的東西。

　　在我而言，該工作的地方，與靈感出現的地方，永遠是互斥的。

　　枯竭的日子裡，新的 Word 檔就像是一道強光，把我照得不知所措。如果我是被訊問的犯人，也許一切都能從實招來，但悲慘的是，此刻的我連一句自白都擠不出來，毫無靈感。

　　但不寫些什麼也不行。這樣想著，勉力在半小時中生出一百多個字，停下來重讀一遍，意料之中的食之無味。棄了可惜，但這種文字也實在交不出去——又撐了半小時，結局仍然慘澹：檔案仍有大片的空白，腦子也驚人地一片空白，只好關上電腦螢幕，洗澡換換心情。

　　誰知道洗著洗著，一段段美好的文句和有趣的情節都跳了出來，也許我腦袋裡的打字機是蒸氣式的吧，否則為什麼一進浴室，腦內的思緒就完全停不下來？

　　擔心忘記，就反覆地在心裡琢磨，並以草率的態度沖去泡泡，略略擦乾套上衣服，就衝出浴室，打開電腦，劈哩啪啦地敲打著鍵盤。不幸的是，一出浴室，我就再度跌回人間，靈感則跟水蒸氣一同飄入天際，只剩下模糊的殘渣，在腦海中載浮載沉。我挫敗地再度關上電腦，吹起頭髮，一邊想著：

　　下次乾脆把平板帶進浴室，窩在浴缸裡打字算了。

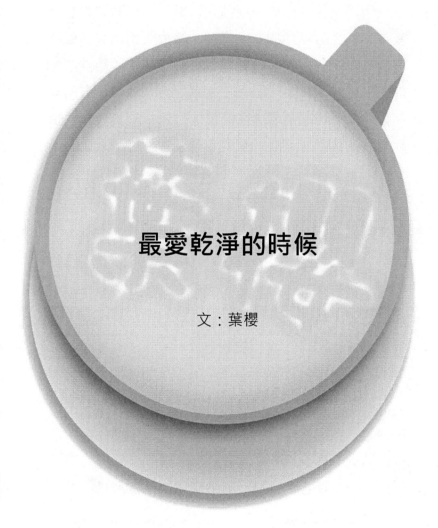

最愛乾淨的時候

文：葉櫻

　　明明已經列出了一張待辦清單，洋洋灑灑寫滿了報告、翻譯跟稿件的交件日期，書桌旁邊堆好一疊還沒整理筆記的課本，電腦開啟了數個投影片跟空白文件檔，咖啡、音樂、筆都已經就定位，滿懷鬥志的坐在書桌前，伸個懶腰揮別最後的怠惰，神氣活現的提起筆，卻突然又像是洩氣的皮球那樣，整個人扁了下去，幾乎控制不住想偷偷點開手機螢幕的右手。

　　知道要做，卻又提不起勁去做。應該只有人類才有這種煩惱吧？

　　左瞧瞧，右看看，突然覺得房間真是需要大掃除。一定是這樣！一定是因為房間太亂了，才讓我沒辦法靜下心來！這樣想著，我猛地站起身，捲起袖子，拿過掃把開始清掃地面，接著拖地、擦桌子、擦櫃子、擦冰箱，還跑進浴室清潔洗手台跟馬桶。

　　明明平常就不怎麼喜歡打掃，在這種時候，卻奇妙地讓人樂在其中，甚至還升起了滿滿的成就感，心情也隨之冷靜下來。每擦去一絲灰塵，就覺得心靈也受到了一絲淨化，平穩了方才煩躁不已的心情。

　　打掃完畢！我站在門口，滿意的環視這半個小時來的傑作。房間整潔地煥然一新，現在的我也是新的

自己，充滿了生產力，這下子一定能非常專心，趕上課堂進度，還能交出一堆超棒的翻譯跟文章。

　　我再度坐下，充滿鬥志地晃晃滑鼠，叫醒電腦。但就在我開啟文件，準備敲下第一個字的時候，眼角突然瞄到了櫃子上的收納盒跟化妝箱──

　　啊，長灰塵了，是不是該擦一擦了？

　　適合打掃的日子，總是跟需要拼命工作的日子相衝突呢。

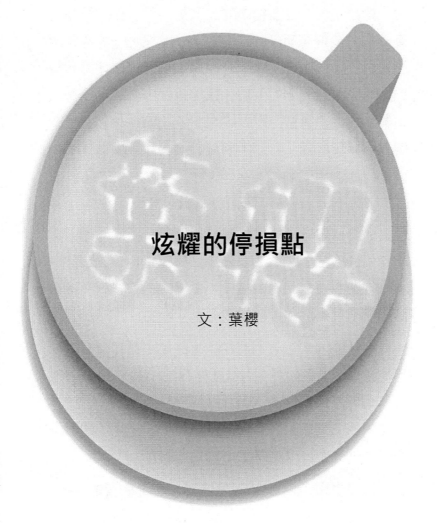

炫耀的停損點

文：葉櫻

冷了的熱咖啡

好幾年前，在古拉爵吃晚餐的時候，幾個服務生突然把隔壁幾桌都併起來，過了一會兒，一群穿著西裝的男子就進來了，大概是同事下班後的聚餐吧。他們點完菜之後便開始閒聊，說著說著，有個男子突然指著牆壁上的掛畫，得意洋洋地告訴大家：「Grazie 在義大利語裡面是『好吃』的意思喔！就是因為這樣，這家店才會用這個單字當名字吧！」

當時的我真的是大開眼界，因為我沒想到有人可以錯的這麼離譜，卻還這麼信誓旦旦，得意洋洋。那種膨脹的自信，我無論如何都學不來，就只能像這樣，默默地在心裡想著 Grazie 是「謝謝」的意思，然後繼續聽著他們過於大聲的閒談。

男子的同伴稀疏地附和著，說著「是喔」、「我都不知道耶」之類的話，大約是客套吧，畢竟 Grazie 的語意也不是那麼艱深。但這個男子顯然因此更加來勁，便在服務生上前菜的時候，自信滿滿地問她：「Grazie 在義大利文裡面是好吃的意思對不對？」

服務生愣了一會兒，臉上掛著禮貌又困擾的笑容，我完全能理解她的苦衷。但男子或許是以為對方學識淺薄，便很好心地舉起菜單，指著單字說：「就是妳們菜單上面這個字啊，妳們的店名。」

　　「嗯，那是『謝謝』的意思喔。」服務生回答，把菜餚都放到桌上後就離開了。

　　整個桌子都安靜了下來，氣氛變得相當尷尬。

　　這件事讓我的印象很深。總在又聽見人自信地講著錯誤之事的時候想起來——拿捏炫耀的尺度，也是一種學問啊。

　　畢竟，你永遠不知道，別人的沉默，究竟是真心的讚嘆，還是慈悲的溫柔呢。

披著大人皮的小孩

文：葉櫻

冷了的熱咖啡

最近遇見了一個令人嘆為觀止的人。

對方的訊息總透著不耐與無禮，也時常以強硬的態度「請問」我的專業能力。更令人驚訝的是，明明是以冷靜友善的語氣，委婉提出合作的期望，對方卻很激動地連發好幾則訊息來數落我。

意識到繼續合作會弊大於利，便發了一則長長的訊息表明合作關係到此為止，這下可好，對方就像煙火般華麗大爆炸，什麼「年輕人態度不好」、「不會說話」、「粗魯無禮」都叮咚叮咚地跳進聊天室，最後還使出殺手鐧，說他是老闆，隔天就會叫他的律師打電話給我，還要寄存證信函來，因為我說話讓他不高興，所以要告我。一小時內如此激進的發展，是連動作爽片都追不上的節奏，只能說是令人嘆為觀止的大事件。

當下實在又氣又委屈，甚至還哭了一會兒。倒是不怕真的被告，畢竟這種荒謬的理由根本不可能成立。但就是覺得自己傻，也覺得自己可憐，世界這麼大，竟然就能遇見這種人。

現在事過境遷，想起對方時，已然不帶激烈感情，而正是在這種抽離之下，突然發現他正像是個孩子——不合心意就隨便發脾氣，對方反應不如預期就要賴威脅，講起法院就像講起老師或父母。可惜，這等行徑

磨去的不是對方的勇氣與傲氣，而是自己的品格與形象，而他卻猶不自知。

能保持童稚的純粹與多情很好，偶爾對親密之人撒嬌耍賴也無傷大雅，但若也以幼稚的態度面對陌生人或工作夥伴，動輒亂發脾氣，不但要不到糖吃，更不會被當一回事。

因為，就只不過是個裝成大人的孩子呀。

冷了的熱咖啡

冷了的熱咖啡

文：葉櫻

冷了的熱咖啡

　　秋冬的早上，總習慣在經過超商的時候買杯熱咖啡，就這樣一路拿著。套上布提袋的薄薄紙杯，溫度變得恰到好處，能穩當地握在手裡，讓冷冰的手重獲活物應有的熱度。

　　進教室後，咖啡從暖爐變成桌上的擺飾，在課本旁邊散著熱氣，像是孤夜裡的一盞燈塔，驅散早八的愛睏與寒冷。在寫筆記的空檔偷啜一口，美味的咖啡因是早上所能獲得最好的甜美——溫熱的香氣與絲滑的口感與冰咖啡相距甚遠，是秋冬限定的溫暖慰藉。

　　明明是這樣珍惜熱咖啡的口味，可惜我吃喝的速度總是很慢，在手頭有其他事情的時候，更是顧不得舌尖。常常兩個小時過去，筆記填滿了課本，咖啡杯竟也還滿著一半。而那時的咖啡，卻早就不再是讓人捨不得喝的飲料了——冷掉的咖啡總有種怪味，半冷不熱的溫度也讓人覺得噁心，無法食之，只好忍痛棄之。目送著咖啡緩緩流進流理台下方，我總一邊沖洗著紙杯，一邊想，也許我究竟不適合喝這種具有保存期效的飲料。

　　想想，許多事情不也都有保存期限嗎？在興頭上、在情濃處，什麼都熱烈芳香，讓人無可自拔。但只要冷淡下來，一切就都走了味，再也不能重現當時的歡

笑，再也不能重新陷入那種盛大荒唐的美夢，只能決定那杯無味飲料的末路：該封入記憶，該勉強繼續啜飲，或者乾脆全部丟棄，尋一杯新的、正溫熱的咖啡。

　　當然，若能煮出一杯又一杯的熱咖啡是最棒的結局，但若怎樣也無法做到，我想，或許我真的該努力學會大口啜飲，全心全意地品嚐那份短暫的甘美了。

冷了的熱咖啡

來自 2021 年夏季的一封信

文：葉櫻

嗨，你好嗎？

在這被隔離的夏季中，你是否健康平安地待在家裡？是否一出門便戴好口罩，每日不忘量體溫，認真填報足跡，嚴肅地貫徹七個步驟，用泡沫淨化雙手？

那日我看了一個國外的演講，講者說，他們將2020 年稱為失落的一年，而我們卻直到現在才失落，就像是被遺落的蓬萊，又像是遲鈍的時鐘。在這種事情上，我們竟也還是慢了一拍。

而你是否因此感到失落？老實地說，我一開始多少有些失落。隔離讓時間蹣跚起來，突然多出的大把的空白，總給人「一日三秋」之感。有時我覺得自己是深埋在土裡，等待蛻變的蟬，因為那份微妙的失時感——時光有時逃得飛快，有時又緩慢地近似凝結，就好像瘋帽匠的懷錶那樣不講道理。

我那素來可靠穩重的時間因隔離而毛躁憤怨，那你的時間呢？它也這樣跟你鬧著脾氣嗎？

然而日子過著，習慣了也就好了，我想這就是人類的不可思議之處。明明外在那樣混亂失序，內在也總煮著焦慮，我卻仍拼出了稍嫌凌亂，但也新鮮的新生日常。工作讀書、遊戲玩樂、閱讀寫作都仍依舊，

只是織著日常的技法變了，打出了更內斂的紋樣。我甚至學會了望向窗外的夜色，還因此覺著寧靜。

你呢？你也在陰暗潮濕的泥中安身了嗎？還是翻攪著、呻吟著，總想念著外頭的陽光？

會的，自由終將會到來，即使那時可能已經是深秋，甚至是寒冬，不再適合高歌飛翔，但總有一天，我們能破土而出，自由羽化。

到那時候，希望你也能寫信給我。我想聽你用沉澱過後的音色，訴說你在失落中尋到的真實與豐盈。

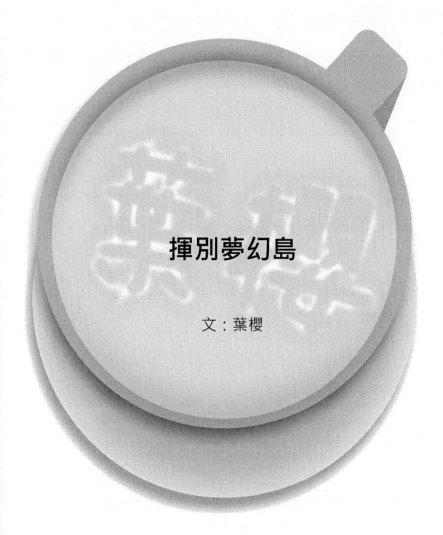

揮別夢幻島

文：葉櫻

冷了的熱咖啡

　　從小，就覺得長大是一件可怕的事情。

　　某個夜晚睡不著覺，便在被子裡來回翻滾，像是一隻乾渴撲騰著的魚。明明額頭上浮出一層薄汗，我卻仍然不敢讓身體裸露在外，因為那還是個堅信床底下有怪物，隨時都會探出頭來撕咬人的年紀。

　　窗簾緊緊地閉著，連一絲慘白的月光也進不來，而濃密的黑暗便從四面八方緩緩壓下，我瞪視著它，在其中看見同等捉摸不定的未來——明晚我又會如今夜一般躺上床，這樣反覆地睡去又反覆地醒來，一晃眼便將童年拋在了後頭，從大學畢業，出了社會，就這樣睡過一天又一天，直到某天，這樣的黑暗會再度罩住我，將我吹滅，散進那個虛無之地。

　　那該是多可怕的事。正是在那一夜，我發現自己深切害怕著成長·但並不是因為我眷戀著當時的生活。因為如果那一夜彼得潘輕輕地敲了那扇玻璃窗，我會毫不猶豫地跟他走的。

　　過了十幾年，明明外表已是大人的模樣，我卻還是害怕著成長——或者說，我害怕的是結束與未知。作為一個貪心又膽小的人·我總想永遠抓著現存的美好，而扭頭不看潛伏消逝，雖則我是如此明白一切終將消散。

害怕是因為喜歡，也因為我清楚一切都將衰敗——我們終將學習離別，學習失去，而後學習接受自己的逝去。

　　而人生的意義，也許便在於從反覆的見面與道別中，堆積出的什麼。

　　因此溫蒂勢必得回家，即便會因此憂慮，因此後悔，但正是因為這些侷限，這個世界、每個生命的美麗才成為無限。

　　終於，我不再害怕長大。我轉頭揮別彼得潘，一躍而上，跳入那未知卻充滿希望的星空之中。

自虐的想像力（上）

文：葉櫻

　　隨著本土疫情得到控制，接種疫苗的風潮復又趨緩，之前有人漏夜排隊搶奪殘劑，現在疫苗過剩還有人堅決不打。雖然覺得他們有點自私，但其實也能理解他們的顧慮和心情——畢竟面對未知，總是會心生恐懼。

　　我早早就打完了兩劑疫苗，雖然打針過程心情平靜，但在預約施打日的前一個下午，其實也經歷了一陣毫無來由的恐慌。

　　躺在沙發上，想到明天就要打疫苗，忍不住用手機搜尋了「疫苗 副作用」的結果，接著就像是著魔一般，看見標題聳動的新聞便點進去，因為不明不白的報導與推測而悚然，深怕自己也會抽中嚴重副作用的下下籤，又趕緊尋找醫生的評論與衛教，一一比對自己的身體狀況，一度安心下來，卻在看見「馬凡氏症候群與主動脈剝離」時心跳漏了一拍，趕緊搜尋症候群的簡介與評估方式，並因為手腕能輕易以被大拇指與食指圈住，而感到天崩地裂。

　　雖然知道以機率來說，這些都是不切實際的妄想，但仍然感到害怕，甚至覺得非害怕不可。打完針後，這些最壞的預想當然都沒有成真，最嚴重的副作用，

不過就是維持了兩天的劇烈偏頭痛，有些食不下嚥，也無法負荷藍光與書籍，只能躺在床上。

但我還是繼續害怕著，就好像其實冥冥地希望自己發生一些「意料中」的可怕——我仍然小題大作，黑夜中躺在床上，情不自禁地用手去按住心口，總覺得心跳頻率出了點問題，而在輾轉反側、因背脊僵硬而苦悶呻吟時，又想到這該不會就是新聞所說，心臟主動脈剝離前的猛烈背痛。我近乎著魔地細數著一切可能的跡象，同時又因為這些現象無一萌發可怕的後果而感到安心。在惶惶不安地跟母親吐露擔憂，被笑說是個孩子時，也一邊覺得自己像是不被世人理解的先知，一邊又因為他人的反駁而確實地安心。

冷了的熱咖啡

自虐的想像力（下）

文：葉櫻

就這樣認真而隨便地嚇了自己兩個禮拜後，我確定了自己不是先知，只是個傻子，但這樣也很好，不如說，這就是我最期待的結果。雖然心理看起來相當矛盾，但對我來說，適當的焦慮與想像，是面對未知最好的防禦──盡情地放任感情去想像最壞的狀況，同時理智也明白那是幾乎不會發生的結局，因此在每一個毀滅性的害怕之後，都能得到被保證的安全，進而滿足並撫平擔憂，知道這次也會平靜地度過。

這樣其實也沒有甚麼不好的。壓抑害怕只會讓人滿腦子都是不理性的恐懼，越是不去想，越是感到壓力與焦慮。那樣的話，倒不如盡情地暢想一遍，捕捉到一切幾乎不可能的毀滅性結局，一一地對照現實，將每一個小小的徵兆掐滅，每掐滅一個，就前進一步，逐漸回歸普通的日常。

雖然過程迂迴又戲劇性，有些自虐又顯荒謬，但卻意外地能夠說服自己。不知道看到這裡的你，是否也有同樣的經驗呢。

最好的數字

文：葉櫻

星期一下午，第一次鼓起勇氣，一個人去看電影。偌大的影廳中只坐了三個人，最後那個女孩還是在開場之後過了好久，才摸黑閃進最後一排的。每個人都占了一整列的位置，看不見彼此的表情，我便放任情緒隨著情節顛簸，盡情地、兇狠地流淚，完全不在乎自己看起來是否像個情感氾濫的傻瓜。

電影散場後，走在最後面，看見他們也各走各的，平白便升起一股覓得知音的感動——雖是一個人看電影，我卻不是一個人。

人們都說，一個人看電影是很寂寞的事情。我相信了，就在心裡將影院的大門漆上「單人勿入」四個大字，且總要拉著朋友家人為伴，才敢抬頭挺胸，踏入那個迷幻的所在。雖然，跟其他人看電影也不總充斥著歡喜——必須極力控管表情和淚腺，不能誇張地大笑或大哭；不由自主地在意起偶爾輕碰的肩頭；永遠搞不清楚中間那根扶手的歸屬權；就連靠過去咬耳朵吐槽劇情都要先考慮一會兒，以免破壞對方看電影的興致。

他們說，一個人看電影很寂寞，卻沒有告訴我們，寂寞的另一面是暢快和自由。於此我又想到，一個人吃飯、郊遊、逛街，也總會被說是很寂寞的事——世界

有時就是這樣奇怪，一邊要人獨立自主，學會和自己相處，一邊卻又回頭告訴人，若你一人做這許多的活動，便是不應當的寂寞。

　　但說到底，又有什麼是非團體不可的活動呢？一個人自由自在，兩個人親暱甜蜜，一群人熱熱鬧鬧，只要每個人都能開心，那就是最好的人數了。

好的開始，然後結束

文：葉櫻

冷了的熱咖啡

　　十二月是文具店最危險的時候。每到這時節，我總是極力避免穿過那扇誘惑之門，就算不得不進去購物，也總是低垂著眼神，買了需要的商品就走。因為我很清楚，要是我多聽一會兒聖誕歌曲，多看一會兒放肆採購的顧客，薄弱的自控力就會迅速被聖誕的狂熱購物氣氛吞吃，開始買一堆用不上的東西。

　　就像現在。在經過手帳區時才抬頭看了一眼，腳就生了根，眼睛死死盯著繽紛的書本，手也危險地離手帳越來越近。

　　「快點離開！妳根本不懂怎麼寫手帳！」良知責罵著，但身體卻不聽話——手依然故我地翻過一本又一本，眼睛則嚴肅地品評著每本手帳的設計，好似上面記載了某種真理。

　　「這是全新的手帳！」我虛弱地辯解，並將填滿手帳的幸福，以及「填滿內頁等於夢想實現的保證」這一荒謬的邏輯一起傳送過去。

　　大腦已讀了。之後的一切都像是夢境，在抵達收銀台時，不知為何籃子裡還多了印台、印章和便箋。但我實在太滿足，沒辦法細想，只顧著開心地將錢都掏給店員。

回到家，把它們都擺在書桌上，翻到今天的日期，正準備舉筆描繪遠大的抱負，心中卻陡然升起一種安詳的寧靜，還有一股完成了甚麼的成就感，以至於滿腔熱血都煙消雲散，只能呆呆地盯著那空白的、美妙的紙張。

　　睡著之前，突然頓悟了：這一定是因為我在一開始就太努力的緣故。

　　於是決定，明天起床後要把這一句寫在一月的行事曆上：剛開始做一件事，只要努力一點點就好，不管怎麼說，總比努力過頭而直接結束要好。

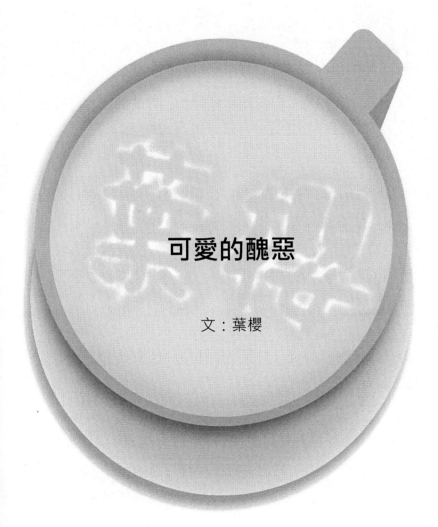

可愛的醜惡

文：葉櫻

　　近幾個月，左手背漫起了間歇性的濕疹。白天不怎麼明顯，只有在觸摸時，才會因為鯊魚般的粗糙而露餡，但只要一沖到水，就會泛起煮熟蝦子那樣的鮮紅，還又刺又癢，直鑽到骨子裡。入夜後是另一個高峰，當其他感官安靜下來，搔癢感便激動地凌遲著我。

　　也許疹子是夜行性的。

　　看過醫生，醫生說這是換季好發的疹子，沒有甚麼根治的辦法，只給了一盒藥膏，權作止癢之用。趕不走這個房客，只好試著和它共存，抱持著飼養毛蟲那樣的心情觀察它，竟也發現了它的生命週期：三天會達到高峰，紅色皺巴巴的皮膚上立起無數的水泡，毫不吝惜地吐出細小的折磨，而後一天天地萎縮剝落，第七天會光潔如新，如此不斷輪迴，恍若手上的一個迷你宇宙。

　　我們達成了奇妙的共生關係：我給它居所，而它給我關注。父母更加疼惜我，赦免我所有沾水的家務；朋友關心我，體貼地告知各種保養皮膚的秘訣。有時我還會故意將紅腫的手背抬起，讓他們看個仔細。

　　我開始將它當作我的夥伴，一份醜惡的獨特——雖然醜惡，但到底還是獨特，並因此生出了幾分憐惜，有時甚至覺得永遠這樣下去也無所謂。

但某一天，疹子再也沒有復發的跡象。我等了又等，它仍然沒有回來，新長出的表皮柔嫩光潔，絲毫看不出皮疹的存在。

　　父母都很高興，恭喜我終於擺脫了頑固的惡疾。我低頭看著光滑如新的手背，卻莫名地感到空虛。

冷了的熱咖啡

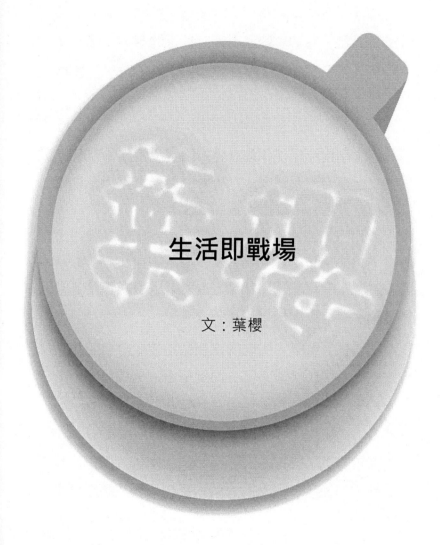

生活即戰場

文：葉櫻

　　日常看似毫無波瀾，有時卻會天外飛來一筆，讓人措手不及。為了規避他人因此投來的嘲笑視線，唯一的解方大概就是時刻精進自己，一刻也不懈怠。畢竟，就連買便當這種小事，也可能陰溝裡翻船。

　　某個中午，因為每家店舖都已經擠滿了人，只好心一橫，踏進那家從不敢涉足的陳舊便當店。整家店只有我及前面的兩個客人，排隊的時候，探出身去窺看櫃檯的菜色，不僅比普通的店少得多，被昏黃的燈光照著，總覺面目模糊又軟爛老舊，幾乎難以辨認出菜名。肉架上連排骨都沒有，只剩下某種無法指認的麵皮炸物，在燈光下緩緩滲出油脂。一度想著轉身，但終究不敵飢餓，只好咬牙苦撐。

　　阿姨倒是鮮活，和店內沉悶的空氣完全相反，大聲地吆喝著，揮舞著夾子，問我前面的男生要吃什麼菜。他躊躇了一會兒，小心翼翼地說要菠菜，阿姨卻沒有動作，一臉狐疑。

　　大事不妙。我想著，果然阿姨就喊道：「弟弟，我們這裡沒有菠菜，只有高麗菜跟空心菜喔，啊你是要哪個？」

　　「呃，那我要高麗菜好了。」

目送他匆匆離去的背影時，我滿腔同情，還興起了一點兔死狐悲的感概。轉身面對阿姨前，甚至祈禱了一會兒，希望自己能成功度過三個快問快答，不和他一起變成阿姨們午後的笑談。

　　最後，我成功地拎著搶答通關的獎賞——一個裝滿軟爛物體的便當——踏著勝利的步伐走出了便當店。往教室的路上，不禁想著，比起努力鑽研專業知識，或許更該先完備生活常識才行。

181

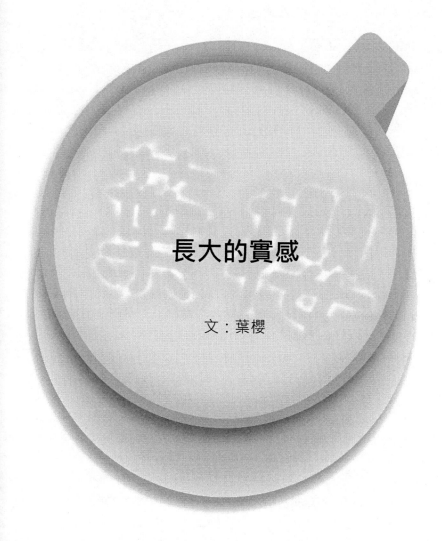

長大的實感

文：葉櫻

　　隔了一年重和高中同學見面，不免熱烈地問起彼此的近況，交換工作中的奇妙歷險。突然某個人感嘆了一句：「也已經認識六、七年了呢。」才遲緩地意識到，自己已經長大了。

　　晚上回到家，我還因這個事實震驚不已——我接受了自己成年的身體，接受了隨著年紀而遇見的種種事物，卻還時常以為自己仍是個孩子。

　　或許是因為我還住在安全的寄居蟹殼中吧。我只不過是偷偷地伸出一腳，體會外面的海風與沙地，在遇到危險時便立刻縮回殼中，等待其他人的幫助。

　　大學教授曾經說：現代人沒有明確的過渡儀式，所以也沒有生命進展到下一個階段的實感。或許真是如此吧？沒有到了某個時間點便必須獨立的壓力，知道永遠有人等著接住失足的自己，不需要負責，也就根本不會意識到自己已然是個大人。畢竟，只有孩子才能永遠享有快樂與幸福，而沒有負責與義務。

　　不願長大、不須長大、不意識到自己該長大的人，都是夢幻島的居民。這樣的孩子越來越多，當夢幻島已然容納不下他們、魔法無法負荷，這些孩子便會回到現實中，而那時的世界又會變成什麼樣子呢？

也許，虎克船長只是個想教會孩子長大的普通大人，卻被這些大小孩利用殆盡，最後殺掉了。

　　長大必然要拿某些事物來交換某些新的東西，雖然痛苦，但仍是不得不經歷的蛻變。而也許，下定決心放棄無條件的快樂，願意擔起部份的責任，就是成長的開始了。

冷了的熱咖啡

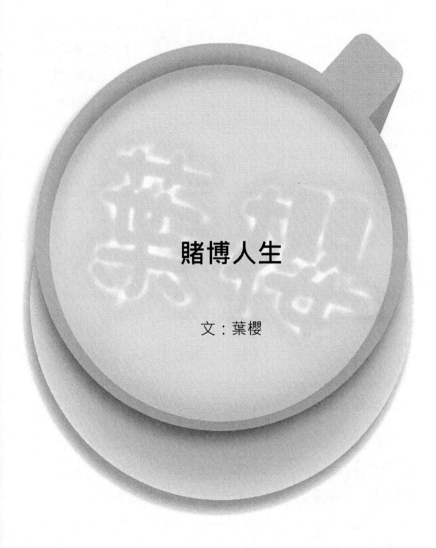

賭博人生

文：葉櫻

　　就算和一年之中的其他假期相比，農曆新年的長假也是最特別的。不只是因為背後滿載著的文化意義和家族團聚，這長達七天以上的假期還另有一種飄然的氛圍，讓人們視錢財一如廢紙，花錢如流水，就連彩券、刮刮樂這種賭注，也願意豪擲千金，爽快地拿辛苦賺來的鈔票換取輕飄飄的希望。

　　從除夕到初四，連著幾天都和家人湊了錢，到附近的彩券行排隊，從架上點了幾張刮刮樂帶回家，好像如果不這樣狂歡，就沒有過年的感覺。我倒是真的只抱持著玩樂的心，本來就不抱希望獲獎，也沒去搜尋網路上流傳的中獎密技，卻難得幸運地中了幾千塊，讓家人羨慕起來，母親還說我財運走高。

　　也許真的是運勢的問題，但我卻覺得心態更重要，那是因為我保持了一種無心的狀態——不執著於獲得，而是專注在那件事本身，因此反而更容易得到好結果。

　　想想，賭博也能看出人的個性。有的人豪爽地將一切都押在一個機會上，輕易地便全盤皆輸；有人精打細算，分散風險，雖然獲利不高，但總歸還是小賺；有人做甚麼都非得要計較出背後的利益，欣羨著那些光鮮亮麗的成功人士；有人總愛做些「傻事」，不論因此獲利或虧損，都能一笑置之。

　　賭博就像是人生，不管如何努力，有時還是講求不可知的機率和緣分。當然，我們總希望付出就會得到回報，但在許多時候，也許暫且放下得失心，「無心」地專注做好一件事，反而能得到更多驚喜。

國家圖書館出版品預行編目資料

冷了的熱咖啡 / 破風、藍色水銀、765334、葉櫻
合著–初版–
臺中市：天空數位圖書　2022.03
面：14.8*21 公分
ISBN：978-986-5575-89-2（平裝）

863.55　　　　　　　　　　　　111003572

書　　　　名：冷了的熱咖啡
發 行 人：蔡輝振
出 版 者：天空數位圖書有限公司
作　　　者：破風、藍色水銀、765334、葉櫻
編　　　審：晴灣有限公司
製作公司：辰坤有限公司
美工設計：設計組
版面編輯：採編組
出版日期：2022 年 3 月（初版）
銀行名稱：合作金庫銀行南台中分行
銀行帳戶：天空數位圖書有限公司
銀行帳號：006–1070717811498
郵政帳戶：天空數位圖書有限公司
劃撥帳號：22670142
定　　　價：新台幣 340 元整
電子書發明專利第　I　306564　號

服務項目：個人著作、學位論文、學報期刊等出版印刷及DVD製作
影片拍攝、網站建置與代管、系統資料庫設計、個人企業形象包裝與行銷
影音教學與技能檢定系統建置、多媒體設計、電子書製作及客製化等
TEL　：(04)22623893　　　　MOB：0900602919
FAX　：(04)22623863
E-mail：familysky@familysky.com.tw
Https：//www.familysky.com.tw/
地　址：台中市南區忠明南路 787 號 30 樓國王大樓
No.787-30, Zhongming S. Rd., South District, Taichung City 402, Taiwan (R.O.C.)